KB271607

나는 산을 걷는다

나는 산을 걷는다

내 안의 빛을 밝힌 770킬로미터의 기록

조태경 지음

북센스

차례

프롤로그　아발란체 故 환영이에게 　_6

1. 삶과 죽음의 길 한 편에 서다

아발란체 그리고 헤어짐 　_13

49일간의 백두대간 순례를 계획하다 　_26

2. 친구를 위해 시작한 백두대간 순례

링반데룽 ringwanderung 　_36

들쥐와의 혼숙 　_51

영남알프스 　_61

인생 별거 없데이 　_75

3. 길을 찾는 청춘을 위해

베레모 아저씨와 유혈목이 　_92

최고의 구걸법 　_102

마음과 마음이 닿는 친구를 만나다 　_111

사신과 별똥별 　_118

다시 걷는다 　_124

사라진 마을 _134

통리역에서 만난 사람들 _142

4. 내 안에서 또 다른 나를 찾다

예수원 대천덕 신부님 _156

봉 선생님의 행복론 _167

삽당령 할머니 _182

5월의 어버이날과 나의 아버지 _189

대관령휴게소와 사골우거지국 _197

산장지기 성 대장과 내 친구 지인이 _204

순례의 의미가 완성되어 가다 _210

나라는 존재와 마주하다 _218

산과 하나 된 신화 _227

49일간의 신화가 완성되다 _236

에필로그 _248

부록 내 안의 빛을 밝힌 770킬로미터의 여정,
그 발자취 _252

아발란체 avalanche

– 故 환영이에게

1.

그대

유서를 써보았는가

눈 덮인 산정山頂을 향해

결빙의 노래를 부르다가

만년설 속에 숨어든

설인의 전설을 기억하는가

육신은 헌 누더기처럼

설원의 햇살 아래 좌초되고

그 최후의 안식마저도

살아남은 자의 뒤안길에서

초롱불 밝히는 사나이의 자비를

2.

그것은
눈사태였어요
어머니
배낭 무게 만큼의 시련은
아니었어요
산을 삼킨 눈사태 속으로
횃불 하나 들고 달렸을 뿐
당신을 위해
그곳에 오르려 했던 것을
용서해요
어머니
캐언을 쌓아 올리고
붉은 깃발을 꽂겠다는 다짐을
어머니
어머니

울지 마라

인생이란 그런 것이다

오고 싶어 온 것도 아니요

가고 싶어 가는 것도 아니다

생각해 보아라

네 아들은 이 땅 위에 살려고

어디로부터 온 것이냐

이 짤막한 생을 살려고

한 길로 왔다가

또 다른 길로 가는 것을

이 생이 그러하면

저 생도 그러하다

울 것이 무엇이냐?

─비구니 포타카라가 아들을 잃은 어머니에게

1

삶과 죽음의 길 한 편에 서다

삶과 죽음의 길 한 편에 서다

새벽녘 깜깜한 어둠 속에서

거대한 굉음이 다시 들려왔다.

아발란체,

환영이를 집어삼킨 눈사태였다.

아발란체

그리고 헤어짐

나는 지금 스물셋의 그때로 되돌아가 있다. 지금부터 하게 될 이 야기는 스물셋의 나와 나의 친구 환영이의 이야기이며 나의 길을 찾게 해준 여정의 기록이다.

　스물셋의 나와 환영이는 전문 산악인으로 암벽등반, 빙벽등반, 장기종주산행을 하며 산에 미쳐 있었다. 때마침 그 시기 산악회에서 추진했던 히말라야 한국원정대 대원으로 발탁되어, 우리는 인도 기르왈 히말라야 바기라티 4봉(6,193m)에 세계 최초의 루트를 개척하는 등반 계획에 참가하게 되었다. 하지만 우리 원정대는 결과적으로 등정에 실패했다. 끔찍한 참사를 당했다. 일생일대의 잊히지 않는 큰 사고였다. 정상 어택attack 중에 공격조는 거대한 눈사태를 만났고. 그 눈사태는 우리를, 정확하게는 나와 환영이를 덮쳤다. 자연 앞에서 속수무책 당할 수밖에 없었고, 그로 인해 소중한 대원 한 명을 잃었다. 그는 내 친구 환영이었다. 나는 그의 죽음을 눈앞에서 목격했다. 아발란체avalanche, 눈사태였다.

환영, 그는 둘도 없는 내 친구였으며, 산에서는 서로의 목숨을 내걸고 생사를 함께하는 자일파트너였다. 스물셋의 우리는 얼어붙은 히말라야 거대한 설원의 눈 덮인 계곡을 등반하고 있었다. 그날따라 아침부터 잔뜩 찌푸린 날씨 탓에 모두 긴장하며 산을 올라야 했다. 바람은 불지 않았지만, 체감온도는 영하 20도를 넘나들 정도의 혹한이었다. 계곡 전체가 암울한 기운으로 가득 찬 고요한 적막감만이 감돌았다. 거대한 빙하로 덮여 있는 하얀 침묵의 산 히말라야는 암울하고 부정적인 기운을 뿜어내고 있었다. '우르릉 쾅쾅' 하늘이라도 무너질 듯한 소리가 우리가 있는 곳 건너편에서 들려왔다. 바로 눈사태였다. 히말라야 지대에 지진이 발생한 것처럼 계곡 전체가 요란하게 요동치고 있었다. 더불어 우리 원정대의 발걸음은 더욱 무거워졌다. 그렇지만 정상 등정을 향한 선발대원들의 의욕만은 짓누를 수 없었다. 그럼에도 끊임없이 들려오는 눈사태 소리는 우리를 긴장시키기에 충분했다. 극도의 공포심과 두려움을 뒤로하고 우리는 계속 앞을 향해 나아갈 수밖에 없었다. 평생을 소원하며 준비해서 성사시킨 히말라야 원정길이기 때문이었다. 그렇지만 바기라티 4봉우리는 우리의 발걸음을 끝내 허락하지 않았다. 뭔가 잘못되어 간다는 예감이 들었을 때, 나는 이미 늦었다는 것을 직감할 수 있었다.

오후 두 시경, 우리는 눈 덮인 계곡 사면을 대각선으로 건너가고 있었다. 환영이와 나는 함께 자일(등산용 로프)을 연결해, 환영이가 앞서 올라가면서 등반 루트를 개척하면 나는 뒤따라 올라갔다. 90미터 길이의 로프 끝자락을 서로의 안전벨트에 묶고 있어 나와 환영의 간격은 85미터 내외로 유지되고 있었다. 나는 환영이의 뒤에서 자일을 풀어주거나 당겨주면서 추락을 대비했다. 계곡을 대각선으로 가로지르는 위험 구간이었기 때문에 정신을 바짝 차려야만 했다.

얼마쯤 올랐을까, 갑자기 우리가 올라야 할 바기라티 4봉 정상 절벽 부근에서 거대한 폭발음이 들렸다. 아직 육안으로 확인할 수는 없었지만, 그 폭발음의 정체는 눈사태임을, 곧 그 눈사태가 우리를 덮칠 것임을 직감할 수 있었다. 그 생각과 동시에 거대한 눈사태는 정상 부근에서 내달려 나와 환영이가 등반하고 있는 계곡으로 빠르게 돌진해 오고 있었다. 고막이 찢겨나갈 정도의 폭발음으로 천지를 진동시키며, 눈덩이들은 계곡 전체를 휩쓸며 쏟아져 내려왔다.

너무나도 순식간에 벌어진 일이라 우리는 눈사태를 피할 방법이 없었다. 도망갈 수 없는, 영락없이 독 안에 갇힌 쥐였다. 단 몇 초 사이, 휩쓸려 내려오는 눈사태 앞에서 단 몇 걸음만을 내딛을 수 있는 상태였다. 고산증도 견디기 어려웠지만 강인한 정신력으로 죽을힘을 다해 어택(정상공격)하던 과정에서 불의의 일격을 당하고 말았다. 그런 상황에서 우리가 할 수 있는 건 정말 아무것도 없었다. 그저 밀려오는 눈사태를 바라보는 것뿐. 짧은 순간, 죽음의 그림자가 밀려오며 눈앞이 아른거렸다. '곧 죽겠구나'라는 생각이 엄습하니 만감이 교차했고 지나온 삶의 모든 장면들이 그 짧은 시간에 압축되어 스쳐 지나갔다. 내 눈앞에는 유년기와 학창 시절이 영화처럼 펼쳐졌다가 이내 사라졌다. '아, 죽음이 벌써 내게 오다니!' 나는 탄식과 함께 내 운명을 받아들일 준비를 하고 있었다.

나는 눈사태의 속도와 이동 경로를 살피며 두 눈을 부릅뜨고 그것이 다가오기를 기다렸다. 그런데 눈사태는 이미 계곡 중앙을 휩쓸며 스노우볼snowball이 만들어져 앞서가던 환영이에게 달려갔고, 그와는 달리 대각선 방향 아래의 완만한 비탈에 서 있던 나에게는 작은 눈뭉치들만 쏟아져 내렸다. 그럼에도 나는 사정없이 몰아치는 눈덩이에 떠밀려 수십 미터 아래로 내동댕이쳐졌다. 추락하면서 바위덩이와 돌부리에 어깨가 부딪치고 몸이 뒤집혀졌다. 너덜지대 바위언덕 구간까지 약 50미터 가량 떠밀려 내려가면서 다시 공중 부양하듯 온 몸이 튀어 올라 추락하더니, 결국 십여 미터 아래 눈밭으로 고꾸라졌다. 그리고는 이내 정신을 잃었다.

얼마나 지났을까. 잘 기억이 나지는 않지만, 정신을 차리고 눈을 뜨니 하늘 위에 구름이 보였다. 여기가 어디인지, 나는 왜 여기 있는지, 무슨 일이 있었는지 눈앞에 펼쳐진 새로운 풍경에 적응하려고 노력했다. 난 살아 있었다. 죽음이 오늘 이 순간은 나를 비껴갔다. 너덜지대 바위언덕 뒤로 떠밀려 추락한 것이 행운이었을까.

정신을 부여잡고 환영이를 찾았다. 환영이가 있던 지점을 유추하며 열심히 살폈다. 그런데 아무리 주변을 둘러봐도 환영이는 보이지 않았다. 그는 계곡 한 가운데에 있었고, 나는 50여 미터를 떠내려 온 상태였으니 위치를 찾기도 힘들었다. 내가 있던 곳보다 한참 높은 지점에서 환영이는 사라진 것 같았다. 계곡 한가운데로 몰려든 눈사태가 환영이를 덮친 것만은 분명해보였다. 눈사태가 일어나기 전 환영이는 나와 자일이 묶인 채 90미터 앞에서 눈사면을 오르고 있었다. 그곳은 계곡 한가운데의 바위벽 크레바스 사이였다. 나는 아이스바일(Eisbeil: 빙벽을 오를 때 얼음을 깨는 데 쓰는 손도끼)과 크램폰(crampon: 신발에 부착해서 사용하는 발톱이

12개 달린 도구)을 이용해 눈사면을 거슬러 올라가며 집중해서 주변을 살폈다. 그렇게 얼마나 올라갔을까, 위쪽 대각선 방향 150미터 지점에 검은 물체가 어렴풋이 보였다. 계곡 바위틈 크레바스에 환영이가 매달려 있었다. 환영이는 눈사태에 떠밀리지 않으려고 부단히 애를 쓴 것 같았다. 가까운 바위벽 앵커 볼트에 안전벨트를 고정시켜 몸을 붙이는 방법으로 눈사태를 피한 것 같아 안도의 한숨이 흘러나왔다. 나와 환영이가 연결된 자일은 끊어져 있었다. 90밀리미터 굵기의 자일은 눈덩이의 무게를 견디지 못했던 것일까? 나는 있는 힘을 다해 환영이를 불렀고, 그가 대답하길 바랐다. 계속 불렀지만, 그 검은 물체는 움직임이 없었다. 기절한 걸까. 나는 있는 힘을 다해 검은 물체가 보이는 지점으로 방향을 잡고 계속 올라갔다. 이미 체력이 모두 소진된 상태였기에 정신력으로만 버티며 몸을 움직였다.

그곳에 도착하기까지 한 시간 이상은 족히 걸린 것 같았다. 환영이로 보이는 검은 물체 근처로 다가갈수록 그 몸체는 허리가 뒤로 꺾인 듯 U자형으로 뒤집혀져 있었다. 불길한 예감이 올라왔다. 검은 물체에 가까워질수록 사람임이 분명해졌고 환영이의 모습이 점점 선명해질수록 속울음이 터지기 시작했다. 직접 가까이 가서 확인하지 않아도 환영이는 이미 숨이 멎어 있음을 알 수 있었다. 그렇게 환영이는 몸이 젖혀진 상태로 안전벨트에 매달려 있었다.

나는 슬퍼할 겨를도 없이 그의 이름을 불렀다.

"환영아! 일어나, 내가 왔어. 나야. 일어나 봐."

환영이는 대답하지 않았다. 목이 잠겼다. 아무 감정도 느낄 수 없었다. 환영이는 눈사태와 맞서는 방법으로 바위벽에 매달려 카라비너로 몸을 고정해 놓았던 듯했다. 카라비너는 안전벨트와 연결되어 있어 환영이가 눈사태에 떠밀리지 않도록 붙잡고 있었다. 환영이는 피신한 지점에서 바위벽에 몸을 고정한 채 쏟아져 내린 눈덩이들을 온몸으로 받아 안음과 동시에 목숨을 잃은 것 같았다. 나와 환영이가 연결된 자일이 눈사태로 끊어지지 않았더라면 나도 눈사태의 무게를 그대로 받아 운명을 달리 했을지도 모를 일이었다. 환영이는 자신의 죽음을 직감하고 나를 살리려 했던 것일까.

어두워지기 전에 환영이를 수습해서 내려가야 했다. 환영이는 피를 흘린 자국은 없었지만, 눈 주위와 입술이 검게 멍들고 얼어 있었다. 이미 내 손가락 마디들은 동상에 걸린 듯 감각이 없었지만, 손아귀 힘만으로 혼신을 다해 어렵게 자일을 끊고 환영이를 조금씩 끌어내렸다. 하지만 혼자서는 감당할 수 없는 무게였고, 짊어 메고 내려가기란 쉽지 않았다. 그렇게 환영이와 실랑이를 벌이고 있을 즈음, 갑자기 환영이가 나에게 말을 걸어왔다.

'성정아! 날 좀 내버려 둬! 날 좀 내버려 둬! 쉬고 싶어. 쉬고 싶

다고. 너 먼저 가. 너 먼저 내려가. 난 좀 쉬었다 갈게. 먼저 가. 제발 부탁이야. 쉬고 싶어.'

제발 놓아달라는 환영이의 애원 섞인 목소리가 들렸고, 나는 그의 말을 기쁨과 슬픔으로 범벅된 감정으로 소리치며 강하게 거부하고 있었다.

"일어나! 일어나라고! 내려가서 쉬어야 한다고! 여기는 너무 추워. 여기 있으면 얼어 죽어! 임마! 정신 좀 차려! 정신 차리고 내려가야 해!"

나는 목이 잠겨 속울음으로 울부짖고 있었다. 목소리도 나오지 않았지만 눈물 없이 절규하고 있었다. '안 돼! 안 돼! 가야 해!' 나는 환영이에게 함께 가자는 말만 되풀이하면서 그의 몸을 일으키려 애를 쓰며, 꿈쩍도 하지 않는 환영이에게 내려가야 한다고 거듭 재촉하고 있었다. 서로 멱살잡이를 해가며 한참 동안 실랑이가 벌어졌고 어느새 환영이의 몸을 부둥켜안고 울고 있었다.

나는 200여 미터 아래에 보이는 등반대장에게 환영이의 죽음을 수신호로 알렸다.

저녁 어스름 무렵 나는 캠프2에 도착했다. 고산증이 심해져 두통과 구토, 어지럼증이 이어졌다. 나는 응급처치를 위해 텐트 안

으로 들어가 누워 박카스 병만 한 작은 캔산소 몇 통을 들이마셨
다. 산소 공급이 뇌까지 원활히 이루어지자, 며칠간의 피로가 한
꺼번에 몰려들었다. 나는 그대로 기절하듯 쓰러져 잠 속으로 빠져
들었다. 새벽녘 깜깜한 어둠 속에서 거대한 굉음이 다시 들려왔다.
눈사태였다. 환영이를 집어삼킨 눈사태가 오후 내내 잠잠하더니
다시 시작되었다. 게다가 광풍을 동반한 폭설이 텐트를 날려버릴
기세로 몰아치고 있었다. 날이 밝으면 다시 올라가서 환영이를 데
리고 내려와야 했기에 마음은 초조해졌고 왠지 모를 불안감이 엄
습했다. 눈이 내린다는 것은, 환영이 위에 눈이 쌓인다는 것이었
다. 그렇게 되면 환영이를 찾는 것이 더 어려워질 수 있었다. 그렇
게 밤잠을 설치며 날이 밝기를 기다렸지만, 다음날도 저녁까지 종
일 눈이 내렸고, 우리는 환영이를 포기할 수밖에 없었다.

　나흘 내내 혹독한 날씨로 고립된 우리는 텐트 안에 꼼짝없이
묶여 생사의 고비를 건너야 했다. 환영이를 눕혀놓고 철수한 날부
터 나흘 동안 쉬지 않고 눈이 내렸다. 그리고 그 나흘이란 시간으
로 모든 것은 달라졌다. 나흘 만에 환영이가 있었던 그곳은 골짜
기가 통째로 사라져 버렸고, 계곡 전체가 새로운 지형으로 변형되
어 있었다. 환영이는 아무도 찾을 수 없는 더 깊은 곳으로 숨어 버
렸다. 그는 그렇게 히말라야의 넓은 품에 묻히고 말았다.

환영이를 데려오지 못한 건 내 잘못이 아니었다. 2차 조난을 피하기 위한 불가피한 조치였을 뿐. 더 이상의 조난자를 발생시키지 않기 위한 모두를 위한 선택이었다. 가르왈 히말라야 깊은 계곡 어느 바위벽에 잠든 환영이는 그렇게 만년설 속에 묻혀 히말라야 설인으로 남았다. 그를 남겨두고 우리 원정대는 한국행 비행기에 몸을 실었다. 인천공항에 마중 나온 대원들의 가족들은 모두 오열하며 서로 부둥켜안고 울었다. 살아서 돌아와 천만다행이라며 대원들을 위로하는 가족들이 왜인지 낯설게 느껴졌다. 그 순간 대원들의 가족들과 거리를 두고, 먼 발치에서 흐느끼며 고개를 들지 못하고 있는 한 사람이 보였다. 환영이의 여자 친구였다. 그녀는 누군가의 부축을 받으며 거의 쓰러질 듯한 모습으로 서 있었다. 누군가 그녀를 붙잡고 있지 않았다면, 금세 쓰러져도 이상하지 않을 정도였다. 그런데 그녀가 나를 보더니 대뜸 환영이를 찾아야 한다고 나에게 꼭 찾아달라며 매달렸다. 거듭 당부하며 그를 찾아주겠다는 약속을 해달라는 말만 되풀이했다.

"환영 씨 시신은 찾을 수 있을까요?"

나는 잠시 머뭇거렸다. 뭐라 말해야 위로가 될지 몰랐다.

"인도 현지에서 구조대로부터 연락이 올 겁니다. 인도등산협회에 협조 요청을 하고 왔으니까요. 조금 시간이 필요한 것 같아요. 헬기도 띄우기로 했다고 해요. 눈이 좀 녹아야 수색작업을 할 수 있다고, 눈이 너무 쌓여서 시신의 위치를 찾을 수 없는 상황이라고 해요. 사고지점은 제가 잘 설명해주고 왔어요."

나는 그 이상 아무 답변도 그녀에게 할 수 없었다.

나와 대원들은 그녀를 부축해서 카페로 자리를 옮겼다. 한동안 무거운 침묵이 흘렀다. 시간이 지날수록 환영이와의 인연이 떠올랐다.

환영이와 나는 북한산에서 처음 만났다. 스무 살 봄날이었다. 혼자 바람 쐬러 북한산에 갔다가 환영이를 만났고 그와 나는 그렇게 둘도 없는 인연이 되었다.

홀로 북한산을 걷다가 우연히 올려다보게 된 인수봉, 그 우뚝 선 거대한 바윗덩이 산봉우리에 사람이 매달려 있는 것을 보았다. 그것이 운명이었을까. 거대한 바위 암벽에서 하강하던 사람에게 나는 먼저 말을 걸었고, 바로 그가 환영이었다. 환영이는 헬멧을 쓰고 안전벨트와 암벽화를 신고 있었다. 나는 그가 하고 있는 모든 것이 신비롭고 경이롭게만 보였다. 궁금증을 참지 못해 이것저것 물어보다가 그도 나와 같은 스무 살 동갑내기인 것을 알게 되었다. 그저 바라보는 것만으로도 경이롭고 신비한 인수봉이었는데, 그곳에 환영이가 매달려 있었고 그렇게 우리는 만났다. 나는 실제 암벽 등반하는 모습을 처음 마주했고, 그날 환영이의 그 모습에 매료되어 버렸던 것 같다. 그 순간 나는 내가 세상에 태어나서 할 수 있는 가장 멋진 취미를 찾았다. 환영이는 그 자리에서 자신이 소속한 산악회 선배들에게 나를 소개시켜주었고, 나는 즉각적이고 흔쾌히 암벽 등반을 하고 싶다고 말했다. 그렇게 환영이와 친구가 되었고, 산과 친구가 되어 우리는 더욱 깊은 우정을 쌓았다.

나는 환영이의 여자 친구와도 종종 함께 만나 즐거운 시간을 보냈고, 그녀를 통해 사랑에 빠진 사람의 눈빛이 무엇인지 알게 되었다.

환영이의 여자 친구가 커피를 마시며 마음이 좀 진정되었는지 나에게 환영이의 유품을 보여 달라고 했다. 그녀는 그곳에서 가져온 환영이의 물건을 보고 싶어 했다. 나는 입국 전, 원정대 공동물품 중에서 이미 그녀에게 전달할 유품들을 구분해 놓았기에 그녀에게 환영이의 유품을 전해주었다. 유품 중에는 환영이가 인도의 수도 델리에서 구입한 몇 가지 선물들과 그가 쓴 일기장, 옷가지와 장비들 그리고 수신자가 여러 사람인 몇 편의 밀봉된 편지와 출국 전에 미리 써 놓았었던 유서 등이 전부였다. 그녀는 환영이의 유품

을 가지고 경북 예천의 작은 절에서 사십구재^{四十九齋}를 치른다고 했다. 환영이 하나만 낳아 홀로 키워온 어머니와 함께 구천에서 헤맬 그가 편히 잠들 수 있도록 마련한 자그마한 의식이었다.

49일간의

백두대간 순례를

계획하다

공항에서의 만남 이후, 나는 환영이의 여자 친구를 다시 만나지 않았다. 그저 아무런 계획 없이 방에서 혼자 나를 자책하고 원망하면서 죄책감에 시달려야만 했다. 환영이를 아는 누구와도 만나고 싶지 않았다. 그 사이 원정대에서 돌아온 지 반년이라는 시간이 흘러가고 있었고, 날이 선 겨울이 가고 봄이 왔다.

어느 날, 나는 동네에 있는 야트막한 뒷산을 오르다가 들린 산사의 주지 스님과 차를 마시며 이야기를 나누었다. 주지 스님은 나에게 구천九天에 대해 얘기해주었다. 사람이 억울하게 죽게 되면 이 세상을 떠나지 못한다고 했다. 환영이가 생각났다. 그의 넋이 하늘과 땅 중간 어딘가에 떠돌고 있을 것만 같았다. 주지 스님과의 만남 이후부터 나는 환영이의 넋을 보살펴야 한다는 의무감에 사로잡혔다. 나만의 방식으로 환영이를 위로하고 싶었고, 그렇게 백두대간 순례 계획을 세우게 되었다.

그렇게 마음먹고 나니 환영이를 위해 사십구재를 치렀던 그의 여자 친구가 생각났다. 거의 반년 만에, 망설임 끝에 그녀에게 전화했다. 그녀는 내 전화에 멈칫거리며 좀 당황스러운 듯 보였다. 수화기 너머로 그녀의 가냘프게 떨리는 듯한 목소리가 전해졌다. 나는 환영이를 위한 내 계획을 설명했다. 그러면서 환영이를 위한 또 다른 방식의 사십구재라는 점을 덧붙였다. 환영이를 위한 장기 종주 산행에 대한 취지와 목적에 대해서도 얘기했다. 그녀는 그저 내 얘기를 듣고만 있었다. 내 얘기가 잘 전달되었는지 의심스러웠지만, 이내 떠나기에 앞서 몇 가지 물어볼 것이 있으니 만나기를 청했다.

그런데 그녀는 냉담하게도 전화로 얘기하라고 했다. 그렇게 친절하고 누구에게나 따뜻했던 그녀의 반응이 낯설었지만, 나는 보름 후에 부산으로 출발할 거라며 통부하듯 단호히 말했다.

"이제 다 지나간 일인걸요. 저는 괜찮아요. 너무 애쓰지 마세요."

마치 사랑이 식어 버린 사람의 답변처럼, 전화기 너머로 그녀의 목소리가 메아리처럼 울렸다. 나는 단지 이 사실을 알리고 싶었을 뿐이라는 것을 덧붙였다.

"네. 조심히 잘 다녀오세요. 그럼 이만 끊을게요."

그녀는 나의 얘기에 전혀 관심을 보이지 않았고, 관심조차 없어 보이는 말투였다.

"잠시만 요. 잠시만 요. 잠시만……."

나는 대화를 끝내려는 그녀에게 전화를 끊지 말아 달라고 소리 쳤다. 나는 다시 마음을 진정시킨 후에 호흡을 가다듬고, 하고 싶은 말을 계속 이어갔다. 이 계획은 나 자신의 한계를 실험하는 계획이고, 삶과 죽음이란 도대체 무엇인지 알아가는 과정이며, 환영이를 달래는 길이라고도 설명했다. 우리는 모두 환영이로부터 자유롭지 못한 사람들 아니냐고 했다. 우린 그렇게 서로 연결된 사람들이라고 강조하며, 모두가 다 불쌍한 영혼들이고, 당신도 아프겠지만 나도 아프다고 했다. 하지만 그녀는 다 지나간 일이며, 자신은 괜찮다고만 거듭 되풀이했다. 나는 내 자신의 본 모습을 찾아 새로운 인생의 전환점을 만들고 싶다고도 설명했다. 그리고 이제 내 얘기는 다했다고 말했다. 왜 그랬는지는 모르겠지만 나는 좀 흥분한 상태였다. 싸늘한 그녀의 태도에 당황했던 걸까? 잘 지내라는 마지막 짧은 인사말을 나눈 뒤 전화를 끊었다. 그래도 그녀에게 충분히 나의 생각을 전달하고 나니 마음은 한결 편해졌다. 처음 사십구재 백두대간 순례 구상이 떠오르기 시작했을 때부터 이 계획을 공유하고 싶었던 첫 번째 사람은 환영이의 여자 친구였다. 이제 결정은 내려졌다. 이번 순례는 환영이를 위한 49일간의 영결식인 동시에 다시 새롭게 살아가게 될 내 인생의 출발점이 될 것이라 생각했다.

부산으로 출발하기 이틀 전, 무관심하고 냉담한 반응을 보였던 환영이의 여자 친구에게서 만나자는 연락이 왔다. 의외였다. 무슨 심경의 변화가 있었을까. 나는 약속 장소인 종로 골목길의 한 허름한 카페에서 그녀를 만났다. 그녀도 고민 끝에 내가 떠나기 전에 만나야겠다고 생각했다고 했다. 거의 반년 만에 마주한 그녀의 모습은 환영이와 함께했을 때처럼 차분해보였으며 정서적인 안정감마저 느껴졌다. 처음에는 서로 어떤 말을 해야 할지 난감했지만, 그녀는 이내 날 만나고자 했던 이유를 말하기 시작했다.

"하고 싶은 말이 있어서 왔어요. 전달할 것도 있고요. 우선 이거 받으세요. '옴'이라고 하는 돌멩이예요. 환영 씨 유품인데 성정 씨에게 꼭 필요한 것 같아요."

나는 무심결에 그녀가 건네주는 물건을 받았다. 달걀만 한 넓죽한 돌멩이었는데, 표면의 색과 무늬가 화려했다. 돌멩이에는 알파벳으로 'OM'이라는 글자가 적혀 있었고, 그 주위로 돌무늬가 회오리치듯 한 모습으로 여러 색을 품고 있었다. 돌멩이에 새겨진 갖가지 줄무늬와 움푹 패인 홈, 비누처럼 미끌미끌한 촉감 그리고 방향과 각도에 따라 무늬의 색이 달라져 보였다. 돌의 각도를 약간 비틀면 희한하고 신기하게도 색깔이 달라지는 돌멩이였다. 나는 이 돌멩이를 알고 있었다. 인도의 수도 델리 빠하르간지의 거리 골동품상에서 환영이가 구입했던 돌이었다. 가르왈 히말라야로 출발하기 전에 빠하르간지에서 나는 환영이와 쇼핑을 했다. 그가 골동품 상점에서 이 돌멩이를 살 때, 내가 옆에 있었다. 환영이는 그 돌을 만지면서 나에게 '옴om은 진언眞言 가운데 가장 위대한 것으로 여겨지는 신성한 음절이야'라고 스쳐가듯 말했다. 환영이가 그때 나에게 '행운을 가져다주는 영험한 돌멩이'라고 말하기도 했었다. 나는 믿지 않았지만, 옴이라는 뜻은 태초의 소리, 우주의 모든 진동을 응축한 기본음이란 설명도 덧붙였다. 무신론자였던 나는 환영이의 말을 대수롭지 않게 흘려 버렸다. 하지만 골동품 가게 주인장은 유창한 영어를 구사하며 그 돌멩이를 환영이에게 강매하려 했다. 그때, 환영이의 눈빛은 마치 보물을 찾은 듯 밝게 빛났지만, 나는 그 주인장이 너무 높은 가격을 불러 바가지를 씌우려 하는 것 같았다. 그래서 환영이에게 눈빛과 함께 고개를 저으며 사지 말라는 신호를 보냈다. 나는 불쾌한 마음으로 등을 돌려 먼저 가게를 나왔는데, 환영이는 그 돌멩이를 구입했었나 보다.

“그런데 이걸 왜 저에게 주려는 거죠? 저는 이런 거 없어도 괜찮습니다”

“아니에요. 이건 환영 씨의 유품이에요. 성정 씨가 가져가야 해요. 환영 씨가 원하고 있어요. 한동안 고민이 많았는데, 이 ‘옴’ 돌은 그냥 돌이 아니거든요. 영험함이 깃들어 있죠. 뭔가 달라요. 저도 그런 체험을 했거든요. 밤에는 더욱 빛을 발하기도 하죠. 이 ‘옴’이 특별한 돌멩이인 것만은 틀림없어요. 가끔 환영 씨가 보고 싶을 때 만지고 있으면 그의 마음이 느껴지기도 했어요. 그냥 단순한 돌멩이가 아님은 분명해요. 이번에 성정 씨가 긴 여행을 가신다고해서 이 돌멩이를 가져가면 좋을 것 같았어요. 환영 씨가 이번 여행에 함께할 거예요. 제가 지난번에 전화상으로 무심하게 대했던 건 사과드릴게요. 그만한 사정이 있었어요.”

“지난번 일은 이미 잊었어요. 그런데 이게 영험함이 깃든 돌멩이라구요? 무슨 신화 속 이야기를 하시는 것도 아니고.”

“이 ‘옴’이 어떤 돌멩이인지 저도 처음엔 몰랐어요. 그런데 언제부턴가 이 ‘옴’을 만지면서 마음속으로 무심히 ‘옴’을 외다보면 환영 씨의 마음이 느껴지는 거에요. 며칠 전에도 만지작거리면서 느꼈어요. 그때는 성정 씨가 생각났어요. 마치 환영 씨가 이 ‘옴’을 성정 씨에게 주라고 하는 것만 같았어요. 명심하세요. 이 ‘옴’은 그냥 돌멩이가 아니에요. 이 돌을 통해 성정 씨도 환영 씨를 볼 수 있을

거예요. 이 돌의 가치와 의미를 모르는 사람들은 평생 알 수 없을
거예요. 관심도 없을 테니까요. 이 '옴'을 항상 마음속으로 외우면
환영 씨를 더 가까이서 만나볼 수 있을 거예요. 환영 씨도 성정 씨
의 순례길에 함께하게 될 거예요. 그렇게 해주세요."

　그녀의 얘기는 마치 소설이나 영화에 나올법한 이야기였다. 어
떻게 이 작은 돌멩이 하나를 가지고 환영이의 분신이라고 하는지
이해할 수 없었다. '먼저 떠나보낸 사람에 대한 그리움이 사무치
면 저렇게도 될 수 있구나'라며 환영이를 떠나보낸 마음의 상처가
큰 탓이라고 생각했다. 과학 문명이 발달한 21세기에 그런 얘기를
도저히 납득할 수 없었다. 그렇지만 돌멩이를 자세히 살펴보니 여
러 가지 색을 띄는 모습이 예사롭지는 않은 느낌이었다. 탐탁치는
않았지만, 환영이의 유품이라고 하니 이 돌과 함께 순례길을 떠나
기로 마음먹었다.

　"이 돌멩이가 분명 성정 씨에게 도움이 될 거예요. 이번 백두대
간 순례를 잘 마치는 날, 제가 마지막 도착지인 강원도 진부령으로
갈게요. 끝까지 멈추지 말고 가주세요. 환영 씨도 기뻐할 거예요.
절대 포기하지 마세요. 그날 제가 또 다른 물건을 전달해 드릴 것
도 있어요."

　의외였다. 5월18일, 진부령에 도착하는 순례 마지막 날, 그녀가
진부령휴게소로 나오겠다는 말이었다. 지난번 전화했을 때에는 내

순례계획에 냉담한 반응을 보이더니, 왜 생각이 바뀌었을까?. 순례가 끝나는 날 진부령휴게소에서 무언가를 준다는 것도 궁금했다. 그녀는 이 여행이 계시를 찾아가는 여행이길 바라는 것 같았다.

"저에게 뭘 주시겠다는 거죠?"

"지금은 말할 수 없어요. 이번 사십구재 순례 계획에만 집중하세요. 이 순례가 끝나는 마지막 날 그 이유를 알게 될 거예요. 저도 이곳에서 함께 기도하고 있을게요."

"그런데 왜 꼭 저에게 주려는 거죠? 혹시 환영이 유품이라면 예천에 있는 환영이 고향으로 보내시는 것이 좋지 않을까요?"

"아니에요. 성정 씨가 꼭 받아야 할 거예요. 그럴만한 이유가 있어요. 그 이유는 나중에 알게 될 거예요."

궁금하긴 했지만 더 이상 묻지는 않았다. 그녀는 이번 순례의 마지막 날에 왜 나를 만나러 온다는 것인지, 무엇을 주겠다는 것인지, 왜 그런 말을 하는지 이해할 수 없었지만, 그럴만한 이유가 있기 때문이라고 생각했다. 그녀는 내가 신비한 비밀을 품은 채 순례길을 마쳤으면 하는 듯했다. 기어코 내가 이번 계획을 포기하지 못하도록, 끝마칠 때까지 보이지 않는 곳에서 나를 조종하며 이끌어 나갈 참인 모양이었다. 마치 그녀는 내가 가는 길 위에서 비밀의 문을 열 수 있도록 지혜의 열쇠를 던져주는 역할을 자처하겠다는 것처럼 보였다.

2

친구를 위해 시작한 백두대간 순례

순례 1일째 … 백양산 · 삶의 해답을 찾기 위해

환영이는 왜 그곳에서 죽었을까. 살아남은 자의 형벌은 그리움으로 사무치는 세월을 견뎌야 하는 것이었다. 삶과 죽음, 환영이가 남겨두고 간 유일한 화두는 바로 이것이었다. 나는 그 삶과 죽음의 비밀을 알고 싶었다. 그래서 이 무모하리만큼 고통스런 순례를 시작했다. '과연 인생이란 살 만한 가치가 있는 것일까? 인간다운 삶은 무엇일까? 이런 삶이 아닌 또 다른 삶은 가능한 걸까? 나는 왜 태어났으며 나라는 존재는 무엇인가?' 이 모든 것이 궁금했다. 그러면서 끊임없이 내 안의 나에게 묻고 또 물었다. 불평등하고 부조리한 이 세상을 어떻게 살아가야 할 것인가? 신이란 존재하는 것일까? 당장 내일 죽어도 여한이 없는 경지의 삶이란 무엇일까? 풀리지 않는 삶에 대한 근본적인 질문들, 나는 이 물음에 대한 해답을 찾지 못한다면 집으로 돌아가지 않겠다고 다짐했다. 부산행 버스 안에서 끊임없이 내 자신에게 되묻기를 반복했다.

부산에 도착한 나는 백양산(642m)에 올랐고, 밤을 보내기 위해 정상 부근에 텐트를 쳤다. 저물어 가는 낙동강변의 풍경을 보며 잠이 들었던 걸까? 이내 날이 밝아오고 있었다.

순례 2일째 ⋯ 금정산·내 안의 빛을 찾아

3월 31일, 순례를 시작하고 맞이하는 첫 번째 아침이었다. 나는 금정산(801m)으로 출발하기 위해 그곳의 자리를 정리하고 있었다. 그런데 그 이른 아침, 백양산 정상을 향해 걸음을 재촉하는 한 사람을 만났다. 순례를 시작하며 만나는 첫 번째 사람이었다. 나도 모를 반가움에 먼저 인사를 건넸다.

"수고하십니다."

'수고하십니다'라는 말은 산에서 모르는 사람들이 만나면 나누는 인사말이다. 아무 생각 없이 무심결에 그저 습관적으로 말을 했는데, 그는 나에게 화답 대신 무뚝뚝한 표정으로 다가왔다. 가까이서 본 그의 눈빛이 예사롭지 않아 약간은 섬뜩한 기분이 들었다. 뼈만 앙상한 체구에 웃는 기색도 없이, 길쭉하고 마른 얼굴은 창백하다 못해 파리해보였다. 그렇지만 황토빛 개량한복을 입고 걸어오는 발걸음은 날아갈 듯 사뿐하고 가볍기만 했다. 그가 나에게 다가올수록 무엇인지 모를 오라가 그 사람 주변을 감싸고 있는 듯했다. 게다가 아직 추위가 가시지 않은 시기였다고는 하지만 산 정상까지 올라왔는데도 땀 한 방울도 흘리지 않은 채 걸어온 모습에서 이상한 기운마저 느껴졌다. 민머리였지만 흰 수염이 구레나룻까지 덮고 있었기에 대략 50세 내외로 보였다. 아무런 짐도 없는 것을 보면 이 근처에 머물면서 산책을 나온 사람 같기도 했고, 근처 어디 암자에서 도를 닦는 사람처럼도 보였다. 그는 내게 다가오더니 대뜸 물었다.

"뭐 하러 왔는가?"

그는 나를 언제 봤다고 말을 놓았다. 앞뒤 정황을 묻는 것이 아니라 결과만 내놓으라는 듯 내가 아무리 자신보다 어리다지만 기분이 좋지 않았다.

"여행 왔어요."

나도 모르게 퉁명스럽게 말했다. 내가 대충 말해서였을까? 그냥 지나갈 것이라 생각했는데, 흡사 도인 같은 그가 마치 꿰뚫어보겠다는 듯이 나를 처다봤다. 그렇게 마주한 그 도인의 얼굴은 주름

살도 없이 아주 맑은 느낌을 가지고 있었다. 어느 정도 시간이 흘렀을까?

"너무 먼 곳에서 찾지 말게나. 돌고 돌아 제자리일 뿐이라네."

그가 퉁명스럽게 말을 내뱉었다.

"예? 그게 무슨 말씀이에요?"

"산쟁이구먼?"

그는 내 질문 따위는 관심 없다는 듯, 대답 대신 내 얼굴만 뚫어지게 쳐다보았다. 아마 내가 메고 온 배낭과 입은 옷으로 전문 산악인임을 알아차린 것이라 생각했다. 산악인들은 옷만 봐도 쉽게 구분할 수 있기 때문에 누구라도 짐작할 수 있었을 것이다. 나는 그와 더는 말을 섞고 싶지 않아 얼버무리며 귀찮은 듯 짧게 '예' 하고 대답했다.

"자네 안에 깃든 빛을 비추시게나. 자네 안에 내재한 그 빛을 밝혀 나가야 해. 그렇지 않는다면 여행이라는 게 돌고 돌아 다시 제자리야. 공염불이지."

그는 아주 냉소적으로, 그럼에도 명확하고 단호하게 말했다. 그 말을 남긴 후 그는 스쳐 지나듯 뒤노 돌아보지 않고 눈앞에서 사라졌다. 나는 순례 첫날부터 이상하고 불쾌한 일이 벌어졌다고 생각했다. 가만히 있는데 이유 없이 한 대 얻어맞은 느낌 때문에 기분이 나빴지만, 시간이 흐를수록 그의 말들이 자꾸 생각났다. 나

아무것도 알 수 없었던 어린 생명이

이제 알에서 깨어나고 있음을 느꼈다.

나는 비로소 나의 길을 찾아 첫발을 내딛었다.

삶과 죽음의 비밀을 알고 싶었다.

그래서 이 무모하고 고통스런 순례를 시작했다.

를 뒤로 하고 유유히 사라진 그의 모습과 단호하고 냉소적인 어조와 말들이 머릿속에서 맴돌았다. 강렬했다. 내 안의 빛을 밝히지 않는다면 여행이란 것이 무의미할 것이라는 메시지로 들려왔다. 헛된 방황을 경계하라는 뜻처럼도 느껴졌다.

'돌고 돌아 제자리?', 나는 갑자기 '환상방황環狀彷徨'이란 단어가 생각났다. 환상방황이라는 말은 주로 전문산악인들 사이에서 회자되는 용어다. 산악인들은 이를 링반데룽ringwanderung이라고도 한다. 방향 감각을 잃은 상태에서 자신이 설정한 목표로 간다고 생각하지만, 실제로는 한 점을 중심으로 빙빙 돌고 있는 것을 의미한다. 환상방황에 걸리면 하이포서미아hypothermia, 즉 저체온증에 걸려 목숨을 잃곤 한다. 그런 사고들은 대부분 히말라야 고산지대의 눈 덮인 만년설 봉우리를 등정하는 산악인들에게도 발생하지만, 국내에서도 깊은 산중에서 길을 잃고 헤매다가 또는 한여름 비가 오는 날에도 종종 발생한다. 그 도인 같은 사내가 떠나고 나서도 '내 안의 빛을 밝히지 않는다면 돌고 돌아 다시 제자리'라는 그 말이 귓가를 맴돌았다.

만덕고개를 넘어 금정산 정상 고당봉(801m)에 도착했다. 이른 아침부터 시작해 8시간 동안 14킬로미터를 걸었다. 배낭은 보름치 식량 때문에 무게가 25킬로그램이나 됐다. 그 무게를 짊어지고 걷는 8시간은 정말 고행이었다. 날은 이미 어두워져서 흐린 하늘빛에 반사되는 바위들만 겨우 분간할 수 있었다. 김해평야와 부산시가 한눈에 들어오는 평편한 야영장소를 찾아냈다. 양산천과 낙동강이 합류해 바다로 뻗어 나가는 장관을 볼 수 있는 곳이었다. 텐트를 치고 하룻밤 쉬어 가기로 했다. 나는 이 여정을 위해 1인용 삼각형 텐트를 준비했는데, 가격은 좀 비쌌지만 설치가 편리하고 가벼워서 큰마음 먹고 구매했다. 들어가 앉으면 머리가 텐트 천장에 살짝 닿았고, 발 뻗는 곳은 30센티미터 정도 높이밖에 되지 않아서 한 사람이 누우면 겨우 발을 집어넣고 잘 수 있을 정도였다. 걷는 중에 힘을 아낄 수 있도록 무게와 부피를 줄인 나름의 방법이었다. 가지고 온 물이 모자라서 쌀은 씻지도 않고 코펠에 담아 밥을 했고, 참치통조림과 햄, 인스턴트 황탯국을 끓여 먹었다. 앞으로 며칠 동안은 무거운 식량부터 먹어치워야 했다. 고단함을 줄이기 위해.

어느덧 짙은 어둠이 내려 텐트 안에 촛불을 켰다. 고당봉 아래 '고모당'이라는 굿터에서 징을 치는 소리가 들려왔다. 무당들이 굿을 시작한 모양이었다. 그 소리가 한동안 귀에 거슬려서 밤새 몸을 뒤척였지만, 나의 순례 첫날을 축하해주는 음악으로 삼으니 뒤틀렸던 마음에 이내 평온이 찾아왔다. 피할 수 없는 불가피한 상황을 받아들이고 긍정적으로 생각하기로 마음먹었다. 카르페디엠Carpe diem, 현재에 충실하자. 피할 수 없으면 즐기자.

밤새도록 굿을 했던 고모당의 음식 때문인지 까마귀들이 무리지어 배회하며 기회를 엿보듯 고모당 근처에서 울고 있었다. 그러더니 어느새 내 텐트 주변까지 염탐하며 소중한 나의 식량을 노리는 것 같았다. 그런 까마귀는 아랑곳없이 나는 아침으로 라면을 끓여 먹었다. 길고 긴 여정 때문에 식사 계획도 잘 세워야 했다. 아침과 저녁은 등산용 버너로 음식을 조리해서 먹을 수 있었지만, 점심은 이동하는 데 시간을 확보해야 하기 때문에 간편식으로 때워야 했다. 점심 먹자고 배낭을 풀어헤치면 시간이 걸리고 조리해서 먹는 시간도 줄여야 했다. 그렇지 않는다면 시간이 너무 지체될 수 있었다. 오늘 점심은 초코파이와 영양갱, 비스킷과 건과일, 사탕 몇 개로 때웠다.

정오가 되어서야 계명봉(599m)에 올랐다. 지경고개를 향해 대나무밭을 헤치며 부산컨트리클럽의 왼쪽 능선을 타고 299봉에 다다르니 왼쪽으로 떨어져 내리는 주능선에 한 사슴농장이 보였다. 태어나서 처음 본 사슴농장이라 가까이 다가가서 사슴을 좀 보고 싶었다. 내가 눈치 없이 가까이 다가가자 뛰놀던 사슴들이 인기척에 갑자기 멈춰 섰다. 이방인의 방문에 놀랐는지 사슴 30여 마리의 시선이 일제히 나에게 꽂혔다. 그 무리 중에 대장인 듯 보이는 제일 크고 튼튼한 사슴 한 마리가 천천히 내 곁으로 다가왔다. 나무 철조망까지 가까이 와서 매서운 눈초리로 나를 쏘아보며, '넌 누구냐?'며 묻는 듯했다.

사슴들도 이 깊은 산중에서 외지인을 만나 놀란 모양이었다. 사슴들을 안심시키고 싶어 마음속의 얘기를 눈으로 슬며시 건넸지만 사슴들의 경계는 풀리지 않았다.

그들은 눈빛으로 나에게 이곳에 왜 왔느냐며 다그치고 있었다. 왠지 그 다그침에 대답하고 싶어졌다.

'난 이 능선을 따라 강원도 속초까지 걸어갈 거야. 한 40여 일 정도 걸리겠지. 내 친구와 나를 위해 걷고 있단다.'

나는 사슴을 안심시키기보다 나의 이야기를, 나의 여정의 이야기를 하고 싶었다. 그렇지만 신경이 곤두서 있는 사슴의 마음을 헤아려 이내 발걸음을 돌렸다.

자격지심이었는지는 모르겠지만, 사슴들은 내가 얼마나 외로운 사람인지 한 번 더 각인시켜주었다. 그랬다. 나는 언제나 외톨이였고 쓸쓸했고 마음을 나눌 친구도 없었다. 고독만이 내가 기댈 수 있는 유일한 친구였다. 그렇지만 난 늘 누군가에게 주목받고 싶었고, 존중받고 싶었다. 하지만 현실은 녹록치 않았고 오히려 남들보다 부족하다는 열등감과 콤플렉스에 사로잡혔었다. 누군가를 열렬히 사랑하지도 않았지만, 또한 누군가에게 사랑을 받지도 않았다. 사람들과 적당한 거리를 두고 나도 상대도 침범하지 않는 것을 원했었다. 어쩌면 내가 사람들을 받아들이기 힘들어서 철저히 혼자이기를 원했는지도 몰랐다. 내 고민의 깊이에 공감하고 함께할 친구나 스승은 없었다. 하지만 어떻게 사는 것이 잘 사는 것인지 알고 싶었다. 얼마나 소중한 삶인데, 이대로 혼자이기는 싫었다. 이 끊임없는 방황은 언제 멈출 수 있을지 알고 싶었다.

새는 알을 깨고 나온다.
알은 새의 세계이다.
태어나려는 자는 한 세계를 파괴하지 않으면 안 된다.
새는 신을 향해 날아간다.
그 신의 이름은 '아프락사스'다.

문득 헤르만 헤세의 소설 《데미안》의 이야기가 떠올랐다. 지금 이 순간 아무것도 알 수 없었던 어린 생명이 이제 알에서 깨어나고 있음을 느꼈다. 나는 비로소 나의 길을 찾아 첫발을 내딛었다. 지상에 태어난 인간은 누구나 알을 깨고 나와야 한다. 나도 예외일 수 없었다. 알에서 나오는 그 거룩한 행진, 나는 새로운 세계를 향해 나아가야만 했다. 산길을 걸으면서 이상하리만치 내 삶을 향한 강한 집착이 생기는 듯했다. 이렇게 세상에 나온 이상, 더 잘 살고 싶은 욕구가 강렬하게 솟구쳐 올라왔다. 드디어 눅눅한 내 마음에 갇혀 있던 불씨가 피어오르는 것 같았다. 그러면서 다짐했다. 이번 순례는 결코 포기하거나 되돌아가지는 않을 것이라고.

저녁 6시가 넘어서야 437봉에 도착할 수 있었다. 아무래도 길을 걸으면서 너무 많은 생각을 했던 탓일까 조금 늦어졌다. 정상의 송전탑 한쪽에 있는 억새군락 한가운데에 텐트를 쳤다. 오늘도 10시간 동안 25킬로그램의 배낭을 메고 잘 마무리했다는 안도감에 눈물이 핑 돌았다. 억새끼리 나부끼는 '쌕-쌕' 소리가 바람을 타고 귓가를 맴돌고 있었다. 실바람에 흔들리는 억새들을 무심히 바라보노라니 지금 내가 이곳에 있는 것 자체가 비현실적이었다. 억새밭을 관통하는 바람 소리가 그대로 나에게로 돌아왔다. 억새밭 위에 걸쳐 있는 밤하늘도 살랑이며 춤을 추는 듯했다. 가만히 앉아 있으니 한밤의 음악회에 초대된 느낌이었다. 나만을 위한 작은 음악회.

산속은 도시보다 밤이 더 빨리 찾아오기에 어둠이 짙어지자 텐트 밖 하늘에는 별무리가 떠오르기 시작했다. 불빛 하나 없는 깊은 산속이라 더욱 선명한 별빛이었다. 도시에서는 볼 수 없는 유난히도 많은 별무리들, 나는 깊은 산속의 밤하늘에 많은 위안을 받았다. 지금도 그렇지만. 고단한 산행을 마치고 피로한 몸을 쉬어 갈 때, 밤하늘은 마치 나에게 고생했다고 큰 상을 내려주는 것만 같았다. 산속에서 홀로 보내는 이 밤, 오늘따라 유난히 바람은 불지 않았고 이상하리만치 새소리도 들리지 않았다. 시간이 사라져 버린 듯 산속이 침묵하고 있었다.

텐트를 밝혔던 촛불을 끄고 침낭 안으로 들어가니 사물을 분간할 수 없는 어둠이 밀려왔다. 망막 수정체가 제 기능을 할 수 없는 완전한 어둠이었다. 옴짝달싹 없이 어두운 밤에 묶여 새벽을 기다려야만 했다.

순례 4일째 ⋯ 천성산 · 낭만과 고독의 밤

아침으로 어제 저녁에 남은 밥에 즉석 곰탕을 끓여 말아먹었다. 이렇게 산에서 밥을 먹을 때면 인간은 먹기 위해 사는 게 아니라 살기 위해 먹는 것처럼 느껴졌다. 오늘 하루 힘든 산행을 위해 뱃속에 집어넣는 양식일 뿐, 맛을 생각할 순 없었다. 그래도 이렇게 먹을 수 있는 양식이 있는 것만으로도 얼마나 감사한 일인가.

식사 후 텐트 옆에 있던 송전탑에 올라 지형을 살폈다. 오늘 가야 할 길의 방향을 살펴봐야 했기 때문이었다. 산세를 잘 살피지 않으면 길을 잃어버릴 수 있었다. 주능선에는 나뭇가지에 달린 표식이 드문드문 있었지만, 간혹 없는 구간도 있었고, 실제 지형과 지도의 방향이 일치하지 않아 온갖 방법을 동원해서 가야 할 지점에 대한 방향감각을 몸속 깊이 익혀두어야 했다. 이것은 지도를 만들 때 인위적으로 정한 북극점(도북)과 나침반이 가리키는 북극점(자북)이 일치하지 않기 때문에 생기는 현상이었다. 우리나라에서는 약 6도의 편차가 발생한다. 그러므로 지도상의 북쪽과 지형상 북쪽을 정확하게 일치시켜 나침반에 맞추어보는 지도정치가 필요했다. 준비해 온 25,000:1 지도와 나침반을 가지고 위험을 무릅쓰고 송전탑이나 높은 나무에 올라가는 이유가 거기에 있었다. 숲에 가려져서 가야 할 길이 보이지 않을 때에는 독도를 하기가 보통 어려운 것이 아니었다. 그럴 경우 주위의 가장 큰 나무를 타고 올라가 전망하면서 지형지세를 관찰해야 했다. 그렇게 나의 백두대간 순례길의 하루 일과는 마루금의 주능선 찾기였다.

4월 초라 그런지 꽃샘추위로 싸늘한 날씨였다. 원효산부터 천성산으로 넘어가는 능선 부근은 억새군락지였는데, 꺾일 듯 꺾이지 않고 바람에 저항하는 억새들이 봄바람에 흔들리며 햇살을 받아 황금빛 율동을 선보였다. 마치 척박한 땅에 뿌리내린 운명의 몸짓처럼.

천성산에 도착했을 때에는 바람의 변덕 때문인지 하늘은 온통 잿빛 구름이 가득했다. 울산과 양산이 굽어보이는 등산로를 야영지로 선택해 텐트를 쳤다. 전망이 뛰어난 곳이었다. 바다와 영남알프스가 사방으로 드러난 세상 어디에도 없는 숙소였다. 울산과 양산의 도심 야경까지 바라볼 수 있어 나홀로 낭만의 밤을 만끽하는 더할 나위 없는 장소였다. 아마 이 밤도 내 인생 최고의 야영이 될 것만 같았다. 이 대자연의 신비함에 넋을 놓지 않을 사람이 어디 있을까? 나에게는 억만금을 준다 해도 바꿀 수 없는 귀한 시간이었다.

땀에 젖은 옷을 모두 벗어 던지고 물샤워를 했다. 누구의 시선도 신경 쓸 필요 없어 자유로웠고, 비누나 샴푸가 없어도 상쾌했다. 8시간 동안 무거운 배낭을 메고 걸어왔던 내 몸을 씻어 내면서 나의 하루는 그렇게 보상받았다. 사방이 확 트인 산정에서 나는 자유로움과 해방감을 만끽했다. 그 순간만큼은 하루 동안 시달렸던 내 육체의 고통이 사라졌다. 그렇지만 나는 그 육체의 고통보다 마음속에 자리한 고독과의 싸움이 더욱 힘들었다.

텐트 안에 양초를 하나 켰다. 그 사이 산 아래 도시의 불빛들도 하나둘 밝혀지더니 울산과 양산의 밤하늘을 환하게 비췄다. 반 평도 안 되는 1인용 삼각텐트 안에서 나는 허리를 곧추세우고 앉아 환영이의 유품인 '옴' 돌멩이를 조심스럽게 꺼냈다. 반가부좌로 앉아 돌을 매만지며 눈을 감았다. 얼마나 지났을까. 다시 눈을 뜨고 돌을 바라보니, 환영이의 여자 친구가 말한 대로 어둠 속에서도 돌이 무늬가 빛나는 것처럼 보였다. 이 작은 돌멩이에 정말 불가사의한 영험함이라도 깃들어 있는 것일까? 영험함이 깃든 돌멩이라는 말을 정말 믿어야 할까? '옴'이라고 불리는 이 돌멩이의 정체는 과연 무엇일까?

어두운 산속의 밤, 나는 마음속으로 '옴'을 외어 본다. 정말 영의 세계는 존재하긴 하는 걸까. 만약 영혼이 있다면 나는 아직 내 영혼을 돌본 기억은 없었던 것 같다. 이런저런 생각을 하다 문득 '중요한 것은 눈에 보이지 않는다'라는 어린왕자의 말이 떠올랐으나 이내 깊은 잠 속으로 빠져들었다.

들쥐와의 혼숙

순례 5일째 ⋯ 영축산 · 인생의 길 찾기

　　　　인스턴트 크림수프 한 봉지를 급히 끓여 먹고 아침 8시부터 부랴부랴 길을 나섰지만, 정족산 부근에서 길을 잃었다. 지도정치와 독도법을 잘못하는 바람에 3시간가량을 엉뚱한 길에서 허비했다. 나중에야 알았지만 내가 지도를 잘못 보았던 것. 딴 생각으로 지도를 자세히 살펴보지 못했음을 자책했다. 길을 잃었다는 사괴감과 허탈감에 서둘러 걷기 시작했는데, 설상가상으로 '솔밭산공원묘지' 쪽으로 급히 내려오다가 발목까지 겹질렸다. 무거운 배낭을 멘 채, 바위 둔덕을 점프하면서 내려가다가 오른발을 헛디뎠는데 발목이 돌아가 버렸다. 순간 아픔 때문에 눈앞에 별이 반짝이며 정신이 아찔하더니 이내 내리막에서 구르면서 쓰러져 버렸다. 아픔이 심해서 한동안 꼼짝할 수가 없었고 결국 통증을 참지 못해 비명이 터져 나왔다. 길을 잃었다는 조바심 때문에 난 사고였다. 아직 가야 할 길은 많은데 어떻게 가야 할지 그저 막막했다. 사람들이 다니는 등산로가 아니었기에 혼자서 이 사태를 해결해야 했다. 눈물이 나도록 고통스러웠지만, 통증이 좀 가라앉을 때까지 기다리며 참고 견뎠다. 병원으로 간다는 의미는, 곧 나의 계획이 수포로 돌아간다는 의미이기도 했다. 하지만 나는 이 여정을 포기하고 싶지 않았고 어떤 일이 일어나도 꼭 이루어 내고 싶었다. 주변에 보이는 나뭇가지로 지팡이를 만들어 짚으며 걸어봤지만 통증은 마찬가지였다. 허탈한 심정으로 주능선을 찾아 엉금엉금 기어가듯 걸어서 내려갔다. 마을이나 인가^{人家}가 나올 때까지 이를 악물고 걸었다. 솔밭산공원묘지 매점에 도착해 다친 부위를 자세히 훑어보니 이미 많이 부어올라 있었다. 오른쪽 발목 복숭아뼈(복사뼈) 부근을 눌러보았더니 다행히도 뼈가 부러진 것 같진 않았다.

발목 통증을 참아내며 걸어서 영축산(1,082m)의 삼남목장 갈림길 근처에 텐트를 쳤다. 어느덧 보름달이 산 너머로 고개를 들고 있었다. 마치 해가 떠오르는 것처럼 산등성이 위로 달이 떠오르고 있었다. 일출^{日出}이 웅장하고 화려하다면 월출^{月出}은 비장하며 엄숙하다는 걸 새삼 느끼는 순간이었다. 오늘 나에게 닥친 고난과 슬픔을 위로하듯 감싸주는 보름달을 보며 이런 저런 생각들이 스쳐 지나갔다. 어쩌면 우리 인생도 길 찾기와 같지 않을까? 저마다 인생의 길을 찾아가는 데에 자신의 에너지를 몰입해야 하는 것이 닮은 것 같았다. 그 에너지가 흩어져 있다면 가야 할 길을 놓치거나, 중도에 멈춰 서야 할 수도 있고, 다른 길로 가기도 하지 않았던가. 그런데 정작 나는 내 자신에 대해 아무것도 모르고 있다는 것, 내가 살아가야 할 이유도, 무엇을 하며 살아야 하는지도 잘 모르고 있었다. 우리는 자신에게 주어진 길을 얼마나 열심히 찾아가고 있는 걸까. 오늘 나는 가야 할 길을 놓치고 다른 길에서 3시간을 허비했다. 가야 할 주능선을 찾지 못하고 헤매다가 엉뚱한 곳에서 힘과 열정을 소진했다. 그 잃어버린 것들은 아무도 보상할 수 없고 되돌릴 수도 없었다. 오늘의 일이 나에게 큰 교훈이 되었다. 잠시라도 방심하면 가야 할 주능선을 놓쳐 버리는 것처럼, 나는 어떤 길을 가야 할 것인지 정신 바짝 차리고 찾아야 했다. 내 젊은 날의 이 방황은 올바른 길을 찾아가는 과정에서 비롯된다. 이 방황은 무죄다 괴테의 소설 《파우스트》에서 '인간은 노력하는 한 방황한다. 착한 인간은 설령 어두운 충동에 휩쓸릴지라도 올바른 길을 잊지 않는다'라고 말하지 않았던가. 나는 이 말을 가슴 깊이 간직하고 있었다. 이 길을 떠나오게 된 이유도 내 자신

인생도 길 찾기와 같지 않을까?

우리는 자신에게 주어진 길을

얼마나 열심히 찾아가고 있는 걸까?

의 길을 잘 찾아가기 위한 걸음이지 않은가.

5일 동안 무거운 짐까지 짊어진 채 산길을 오르락내리락했더니 피로가 극에 달했다. 전체 일정의 10분의 1정도 밖에 도달하지 못했는데, 남은 날들이 까마득하기만 했다. 내 오른쪽 발목은 나무의 옹이처럼 퉁퉁 부어올랐다. 뼈가 부러지지 않은 것을 다행으로 여길 수밖에 없었다.

순례 6일째 … 신불산 · 100킬로미터를 걷다

　　　　　　다음날 아침, 아픈 다리를 이끌고 영축산 정상에 올라서니 오른쪽 발목의 감각이 없었다. 그런 다리를 가지고 용케 1,000미터 이상의 고지대 산군들이 모여 있는 영남알프스에 들어섰다. 영남알프스는 울산, 밀양, 양산, 청도, 경주의 접경지에 형성된 가지산을 중심으로 해발 1,000미터 이상의 산들이 수려한 산세와 풍광을 뽐내고 있는 곳이었다. 유럽의 알프스와 견줄 만해서 영남알프스라는 이름이 붙여졌다. 영남알프스는 나동정맥인 영축산, 신불산, 간월산, 능동산, 가지산, 상운산을 중심으로 많은 산군들이 집약된 산악지대였다.

영축산 정상 전망대 의자에 앉아 걸어왔던 길들을 돌아봤다. 정족산, 천성산, 원효산 그리고 멀리 부산의 금정산, 백양산도 한

눈에 들어왔다. 지금까지 걸어왔던 길들을 뒤돌아 바라보니 왠지 모를 뿌듯함이 올라왔다. 고지대에 올라 하염없이 산 풍경을 바라보니 마치 내가 천상의 파티에 초대된 기분이 들기까지 했다. 지난 6일 동안 지도상으로 부산에서부터 약 70킬로미터를 걸어왔다. 실제 지형상의 거리는 지도상의 직선 거리와는 다르기 때문에 하루 평균 17킬로미터를 걸어왔으니, 지금까지 100킬로미터를 걸어 온 것이었다.

신불산(1,159m) 억새평원을 지나 간월재에 도착하니 조립식 패널 건물로 만든 다섯 평 남짓한 창고가 보였다. 조난자가 하룻밤 묵고 가기 위해 딱 좋은 긴급대피소였다. 하지만 이 창고 같은 대피소는 거의 버려진 상태여서 문이 잠겨 있지도 않아 쉽게 건물 안으로 들어갈 수 있었다. 어둠이 짙어지고 있어 여기서 묵기로 결정했다. 건물 안으로 들어서자 실내에선 암모니아 냄새가 코를 찔렀다. 온갖 쓰레기더미와 낙엽더미들, 곰팡내가 뒤섞여서 난장판이었다. 그래도 이 얼마나 황송한 일인가. 건물 밖은 너무 춥기도 했지만, 저녁이 되면서 바람의 강도가 점점 세지더니 텐트를 설치할 수도 없었다. 하지만 폐가가 된 이 대피소는 텐트를 설치하지 않고도 매트리스와 침낭만 있으면 잘 수 있었다. 쓰레기와 낙엽더미들을 한 귀퉁이로 밀어내고 대충 정리를 마쳤다. 그리고는 먼지가 자욱한 바닥에 매트리스를 깔고 앉아보니 어딘가에서 심한 암모니아 지린내가 코끝을 찔렀다. 등산객들이 이곳에 들어와서 소변을 본 것이 분명했다. 난감했지만 선택의 여지는 없었다. 살아남아야 했기에, 내 후각을 마비시켜서라도 이 공간에 적응해야 했다. 이 건물을 만난 것만으로도 행운이었다.

상황이 정리되자 밤을 맞이할 준비를 위해 분주히 움직였다. 그저께부터 시작된 꽃샘추위 때문인지 몸이 움츠러들었다. 우선 쌀밥에 인스턴트 육개장을 끓여 국밥처럼 말아먹었다. 해는 이미 천황산 너머로 사라져 버렸고, 밤이 깊어 갈수록 보름달은 더 높이 치솟아 올라 영남알프스의 산군을 내리비추고 있었다. 깨진 유리창 밖으로 보름달에 비춘 억새들의 반짝임 위로 별들이 나를 찾아왔다.

자연의 아름다움에 감탄하며 황홀경에 빠져 있던 순간, 어디선가 속삭이는 소리가 들렸다. 순간 놀라서 주변을 살펴보았는데 아무것도 보이지가 않았다. 이 깊은 밤에 이곳까지 누가 온 것일까? 어디에서 들려오는 소리인지 귀 기울여 살펴보았다. 이 시간에 누가 날 부르는 소리였을까? 그럴 리는 없을 것 같았다. 이 깊은 산중에 사람일 리는 없었다. 얼마나 지났을까, 모퉁이 한 구석에서 '찍찍'거리는 소리가 들렸다. 나에게 속삭였던 정체는 바로 들쥐, 들쥐들은 내 눈치를 살피며 벽에 난 구멍 사이로 들락거리고 있었다. 실내에 쌓인 잡다한 쓰레기더미들은 그들의 놀이터로 안성맞춤이었다.

"나에게 좀 양보해줘! 나는 이곳 아니면 잘 곳이 없어. 하룻밤만 쉬고 갈게."라며 양해를 구했지만, 들쥐들은 양보해줄 마음이 없는 것 같았다. 들쥐와의 협상은 접어두고 어떻게 할까 고민하다가 발목 통증이 심해져서 그냥 침낭 속으로 들어갔다. 그런데 잠들만 하면 어김없이 '찍찍'거리는 소리가 들려왔다. 그럴 때마다 나는 짧게 헛기침을 하거나 살짝 소리를 높였다. 하지만 그때뿐이었다. 내가 조용해지면 어김없이 다시 나타나기를 반복했다.

들쥐들도 나처럼 꽃샘추위와 바람을 피해서 이곳에 들어왔을까? 이곳에 먼저 살고 있던 들쥐들이었을 텐데, 웬 이방인이 자신들의 자리를 차지했으니 화가 나기도 했겠다. 그렇지만 나도 방법이 없었다. 이미 몸은 지칠 대로 지쳤고, 다른 곳을 찾을 엄두도 나지 않았다. 그렇다고 극성을 부리는 들쥐를 가만히 두고 있으면 난감한 상황이 펼쳐질 것만 같았다. 고민 끝에 들쥐들이 들락거리는 출입구를 찾아 모두 틀어막기로 했다. 쥐들에겐 미안했지만 어쩔 수 없었다. 혹시 몰라서 식량으로 가져온 쌀 봉지와 식료품들은 비닐봉투를 이용해 몇 겹으로 두껍게 감쌌다. 쥐들에게서 내 식량을 지키기 위한 조치였다. 그들은 내가 잠든 사이 내 식량을 노릴 것이라 생각했다. 모든 작업을 마친 뒤 나는 침낭으로 돌아와 몸을 눕혔다. 바깥은 여전히 지독히도 날카로운 바람이 무엇이라도 집어삼킬 듯 불어대고 있었다. 불안한 마음으로 긴장할 수밖에 없었다. 거친 바람소리 때문에 공포감마저 엄습해 왔다. 조립식 패널 건물이 금세라도 날아갈 것처럼 흔들리고 있었다. 혹시 이곳이 무너지지는 않을지 걱정과 근심으로 밤을 지새워야만 했다. 마음 편히 잠들 수 없는 이 여정은 과연 언제쯤 끝날 수 있을까? 다시금 깊은 상념에 빠져들었다.

그런데 사건은 일어나고야 말았다. 내가 잠든 사이 들쥐들이 진저리나도록 부스럭거리더니 새벽녘엔 자고 있던 내 머리맡까지 진출해서 배낭에 있던 식량을 갉아먹었다. 이중 삼중으로 싸두었는데도 소용이 없었다. 들쥐들은 필사적이었다. 그러다 한 녀석이 내 귓가에 대고 찍찍거리는 바람에, 온몸에 소름이 돋아 벌떡 일어나 버렸다. 자기 전에 막아 놓았던 쥐구멍을 다시 뚫고 들어온 모양이었다. 몸은 피곤했지만 들쥐들을 모두 쫓은 후, 다시 모든 구멍들을 좀 더 단단히 막아 버렸다.

이제는 안심하며 다시 잠을 청하려는데, 식량이 있던 곳을 보니 쌀 주머니 여러 곳에 구멍이 뚫려 있었고, 라면봉투도 갉아먹은 자국이 보였다. 잠깐 잠든 사이에 이런 일이 벌어질 줄 꿈에도 생각 못했다. 비닐봉투 정도는 쉽게 갉아서 뚫어 버리는 놈들이었다. 쌀은 절반 이상이 바닥에 흩어져 있었다. 나노 모르는 사이 파티가 열렸던 것 같았다. 화는 났지만 이곳의 주인은 원래 그들

이고 나는 손님이지 않았던가. 숙박료를 지불한 셈 치자며 스스
로 위로했다.

영남알프스

새벽 5시 반 정도 되니 날이 밝아왔다. 새벽녘 여명이 간월재 너머의 능선들을 비추기 시작했다. 진통제 두 알을 먹고 근육통 로션을 시간 날 때마다 발목에 마사지하듯 문질러줬다. 발목 부상 때문에 늦춰진 일정을 맞추기 위해 서둘러야 했다. 하지만 할퀴듯 지나가는 봄바람의 포효에 또다시 머뭇거릴 수밖에 없었다. 문밖을 나가보니 몸을 가누지 못할 만큼 기센 바람이 불고 있었다. 비수처럼 날카로운 바람 때문에 살이 베이는 것 같아 다시 건물 안으로 들어와 몸을 피했다. 도무지 출빌힐 엄두가 나지 않았다. 그렇게 한참을 발만 동동 구르다가, 바람을 등지고 걸어보기로 했다. 문밖을 나서는 순간 바람에 떠밀려 몸의 중심이 흔들렸지만, 균형을 잃지 않으려고 바람에 저항하며 발걸음을 내딛었다.

식목일이라서 그런지 영남알프스 산군에도 많은 사람들이 보였다. 매점에 도착해서 보충할 만한 물품들을 찾아보았더니 행동식뿐이었다. 과자 두 봉지와 초코파이 몇 개를 사서 배낭에 넣었다. 하지만 간밤에 들쥐들의 습격으로 이틀 치 식량을 시주하고 왔기 때문에 더 채워놓아야 했고, 쌀도 보충해야 했다. 매점에서 쌀을 좀 구할 수 있느냐고 물었는데, 자기는 권한이 없으니 소장님을 만나서 직접 이야기해보라고 했다. 절차가 좀 복잡할 듯해서 쌀을 보충하려던 생각은 일단 접었다. 친절한 매점 아저씨는 어떻게 알았는지 나에게 부산에서부터 출발해 왔느냐고 물었다. 순간 당황했지만 부산에서 출발해서 이곳에 왔다고 말했다. 내 얼굴을 보더니 좀 씻으라며 샤워실로 안내해주었다. 낙동정맥을 종주하는 이곳을 지나가게 되면 나처럼 식료품도 사고 가끔 샤워도 하고 간다며 미소 지었다. 나도 그들과 같은 대우를 받게 되다니 감개무량할 뿐이었다. 일주일간 샤워를 한 번도 못한 내 사정을 어찌 알고 이런 배려를 해준 것인지, 감사한 마음으로 샤워실로 들어가다가 거울에 비친 내 모습을 보았는데 정말 가관이었다. 얼굴이 얼마나 더럽던지, 손가락으로 밀면 때가 벗겨져 나올 정도였다. 가끔 산에서 마주쳤던 사람들이 불쾌한 표정으로 나를 봤었는데, 이제야 그 마음을 이해할 수 있었다.

샤워를 마친 후, 개운한 마음으로 출발하려는데 뒤에서 나를 부르는 소리가 들렸다. 바로 매점 아저씨였다. 그의 손에는 소장에게 직접 부탁해 받은 라면 한 봉지 분량의 쌀이 들려 있었다. 그 순간 주는 자의 행복한 기쁨과 받는 자의 감사한 마음이 교차되는 것 같았다. 이렇듯 '나누며 사는 삶이야말로 세상을 따뜻하게 한다'는 명언을 실감하며 곱씹었다. 세상에 이런 사람들이 많다면, 그래도 세상은 살만한 가치가 충분한 것이라는 생각이 들었다. 인정 많은 아저씨를 만나 도움을 받을 수 있다는 것은 행운이었다. 그의 따뜻한 마음씨가 느껴졌다. 어느 누군가에게는 가장이고 아버지이고 할아버지였을, 그분의 애틋한 시선을 뒤로하고 걸음을 옮겼다.

경상도 사람들은 참 복도 많다. 영남알프스의 수려한 풍광에 사람의 넋을 잃게 하는 지역과 가지산, 간월산, 신불산, 영축산, 천황산, 재약산, 고헌산, 운문산, 문복산 등이 해발 1,000미터 이상의 고도를 자랑하며 울산, 밀양, 양산, 청도, 경주를 두루 걸치고 있으니 말이다. 한국의 알프스라고 자랑할 만도 하다. 나는 그

산이라는 예술 작품이

나를 다시 걷게 한다.

산에 오른 자만이 누릴 수 있는

일종의 보상이었다.

렇게 영남알프스의 아름다움에 취해 버렸다. 다시 시작된 치통보다도 이 아름다운 영남알프스의 산길을 걷는다는 낭만에 더 취해 있었다. 바람은 점점 잦아들고 있었고, 구름 한 점 없이 맑은 파란 하늘이 산 능선을 휘돌아 감싸고 있었다. 능동산으로 오르면서 산길 곳곳마다 봄 향기가 가득한 야생화도 보였다. 연분홍 진달래도 햇살 아래 광채를 발하고 있었다. 그러나 어젯밤부터 불어 닥친 강풍에 떨어져 나간 꽃송이들이 산길에 널브러져 있었다. 태풍의 영향이었으리라. 꽃대에서 잘려 나간 꽃송이들은 제 명을 다 살지 못하고 이른 봄, 산길에 누워 피를 토하고 있었다. 그래도 꽃은 원망하지 않고 다시 봄을 기다릴 것이다. 꽃은 피었다고 우쭐대거나 졌다고 슬퍼하지 않으니까. 자연으로부터 배우는 이 무념무상의 메시지를 해독하면서 떨어진 꽃잎을 보며 다시 매무새를 가다듬었다.

바람아! 그 꽃을 꺾지 말아다오. 너는 언제라도 꽃이 되어 피어본 적 있었니? 산길에 홀로 피어난 여린 꽃 한 송이, 지금 심방을 열어 놓았잖니. 어딘가에 있을 제 사랑을 기다리고 있는 것이거든. 외로운 그 꽃을 꺾지 말아다오. 꽃이 아프면 나도 아프단다. 내가 시방 그 꽃이다. 꽃씨를 띄워 답장이 올 때까지 그리움으로 타는 그 꽃을 꺾지 말아다오. 바람아!

나는 간절한 마음으로 바람에게 부탁하고 그 자리를 떠났다. 발목도 아프고 피곤 때문이었는지 치통까지 심해지고 있었지만, 컨디션은 최상이었다. 산속을 걸으면서 마음이 맑아지는 것이 느껴졌다. 영남알프스 주변 풍경들과 함께 완만한 능선을 오르락내리락하다 보니 마음이 정화됨을 느낄 수 있었다. 산 아래 굽어보이는 아름다운 산하까지 더해져 피곤함도 잊었다. 그렇게 난 산의 매력에 푹 빠져들었다.

귀바위에서부터 상운산 밑으로 임도를 따라 헤드랜턴에 의지해 걷다 보니, 가지산에서부터 운문령까지 개설되어 있는 임도에 도착할 수 있었다. 운문령은 울산과 경산을 가장 가깝게 통과할 수 있는 아스팔트 포장이 되어 있는 국도였다. 어스름한 저녁 8시가 되어서야 운문령에 도착했다. 울산시를 전경으로 전망 좋은 곳에 한 천막포장집이 있었는데, 운문령을 넘는 운전자들에게 커피도 팔고 라면도 끓여주는 곳이었다. 장사를 끝내고 집으로 내려가려는 주인장 내외분을 만났다. 아저씨는 우체국 유니폼 복장이었다. 퇴근하고 돌아와서 아내를 태우러 온 것이리라 짐작했다. 아주머니는 고무장갑을 낀 채 설거지를 거의 마쳐 가고 있었는데, 잔돈을 넣는 복대와 앞치마가 잘 어우러져 이곳의 주인장다운 면

모를 풍기고 있었다. 나는 천막문을 잠그고 떠나려는 아저씨에게 천막 안에 있는 평상마루에서 하룻밤 묵게 해달라고 간청했다. 다리를 절뚝거리면서 과장된 몸짓을 더해 발목이 다쳤다고 호소했다. 잠시 듣고 있던 아저씨가 결국 흔쾌히 동의해주셨고, 그곳에서 밤을 보낼 수 있게 되었다. 천막 안에는 고가의 식품들도 수두룩한데 나를 믿어준 것이었다. 주인아저씨는 내일 아침에 만나자며 천막휴게소 매점을 내게 맡기고 유유히 떠나갔다.

이제 또 어김없이 혼자가 되었다. 부부의 허락을 받고 하룻밤을 실내에서 잘 수 있게 된 나는 너무 기뻤다. 텐트가 아닌 곳에서 하룻밤 보낼 수 있다는 것이 어디인가. 쓰러져 가는 패널 창고에서 들쥐들과 혼숙했던 어제와 비교하면 궁전이 따로 없었다. 또한, 마당에 물도 나온다는 것은 정말 최고의 조건이었다.

나는 밤이 깊어지기를 기다렸다. 하루 평균 10시간을 무거운 짐을 메고 걷고 나면 몸은 녹초가 되지만 밤은 언제나 내게 휴식과 위로의 문을 열어주기 때문에 더욱 기다려지는 시간이었다. 새벽녘 꽃샘추위와 칼바람, 한낮의 뜨거운 햇볕, 온몸을 적시는 땀방울, 아픈 다리와 치통, 이 모든 부스러기들을 뒤로하고 오늘도 밤하늘을 가득 수놓은 별들이 나를 위로해주고 있었다. 은하계에서 전달되는 그 시그널, 아침이 밝아올 때까지 그 에너지를 흡수하는 시간임을 나의 몸은 기뻐하고 있었다. 오늘도 밤의 시간을 보

내는 동안 우주가 거침없이 나를 관통하여 새로운 기운을 불어넣
어 줄 것만 같았다.

밤 기온이 다시 뚝 떨어져서 체감온도는 영락없는 영하 날씨였
다. 땀에 젖은 옷을 벗고 씻다가 이내 살점이 뜯겨져 나가는 고통
이 느껴져 씻는 것을 포기하고 말았다. 세상 물정 모르고 금지옥엽
처럼 자랐던 내게는 견디기 쉽지 않은 상황이었다. 한여름에도 미
지근한 온수로 샤워를 할 수 있는 집 생각이 절로 났다. 그래도
사람이란 주어진 여건과 그 상황에 따라 결국에는 적응하기 마련
이었다. 나보다 더 불행하게 살다간 사람에 비한다면 이 고통은
한낱 투정에 불과했다.

천막휴게소 안에서 북엇국을 끓여 아침에 싸온 주먹밥을 말아
먹다가 주방 싱크대에 놓인 참기름을 주인 허락 없이 몇 방울 떨
어뜨려 먹었더니 최고의 요리로 바뀌었다. 참기름 몇 방울이 이렇
게 감동을 느끼게 해주리라는 걸 정말 몰랐다. 아니 잊고 있었다.
은은하고도 고소한 향의 참기름 맛은 평생 잊을 수 없을 것만 같
았다. 코펠 그릇 하나에 담긴 북엇국밥은 다른 사람이 보면 상상
이하의 수준이었을지는 몰라도 내겐 지상에서 가장 맛있는 최고
의 음식이었다. 이 참기름 한 방울로 지금 이 순간 나야말로 가장
행복한 사람이라는 생각이 들었다. 굶주리고 허기진 상황에서 눈
물겹도록 행복한 저녁 식사를 가능케 했던 건 참기름 덕분이었다.

어김없이 아침은 밝아왔고, 눈을 뜨자마자 라면을 끓였다. 아침부터 하늘이 잔뜩 흐렸는데, 먹구름이 몰려왔다. 어젯밤에 먹던 코펠에다가 설거지도 하지 않고 그대로 물을 담아 끓인 라면을 반찬 없이 먹었다. 그런데 어느 순간부터 이상하게 라면 냄새가 역겨워졌다. 이 여정을 하기 위해 억지로 라면을 뱃속에다가 집어넣으니 속이 니글거리며 뒤틀렸다. 살기 위해 먹는 라면, 아니 걷기 위해 먹는 라면이었다. 어떻게 하든 몸속에 집어넣어서 에너지로 발산해 내야 했다. 하지만 참고 참아도 음식물이 목구멍까지 치밀어 올라왔다. 결국 토해 버리고 말았다. 갑자기 코끝이 찡하더니 현기증이 밀려왔다. 오늘 컨디션은 정말이지 최악이었다. 발목도 낫지 않은 상태에서 너무 무리했고, 영남알프스의 정취에 취해 야간산행까지 감행했던 것이 화근이었다. 불쌍한 이 육신, 주인 잘 못 만나 고생이었다.

8시에 출발하려고 짐을 다 싸놓았으나 주인장 내외는 아직 오지 않았다. 8시 즈음 온다고 했는데 좀 늦어시는 모양이었디. 인사는 해야겠기에 더 기다려보기로 했다. 얼마 지나지 않아 언양 방면에서 오는 트럭이 보였다. 우체국 유니폼의 주인아저씨는 몇 가지 짐을 내려놓고 출근을 위해 다시 서둘러 내려간다고 하셨다. 홀로 남겨진 아주머니는 언제나 그랬던 것처럼 아주 자연스럽게 분주히 장사 준비를 했다. 일하고 있는 아주머니 뒤에서 잠시 머뭇거리면서 앉아 있었더니 내게 믹스커피를 타주며 밤새 춥지 않았느냐며 걱정이 이만저만이 아니셨다. 나는 아주머니와 커피를 마시면서 내 순례에 대한 이야기를 시작으로 주인 내외의 가정사까지 두루두루 이야기꽃을 피웠다. 초등생 남매를 둔 부부는 벌써 4년을 새벽 5시에 일어나 아이들을 등교시킨 후 아저씨와 함께 이곳 운문령으로 온다고 했다. 자신들의 고단한 삶으로 인해 잘 케어 하지 못하는 딸아이의 학교생활이 더욱 힘겨운 것 같다며, 아이를 향한 안타까운 마음이 그대로 전해졌다. 요즘은 사춘기 때문인지 외모에 대한 콤플렉스가 더욱 심해져 학교에 가기 싫어한다며 아주머니는 연신 눈물을 훔쳤다.

어찌 보면 간단해보일 수도 있는 문제겠지만, 어린아이가 감당하기에는 벅찬 문제일 수도 있으리라 생각했다. 만약 누군가가 '재정말 못 생겼어' 하고 말하는 것을 스스로 받아들인다면 독이 든 잔을 받아 자신이 직접 마시는 꼴이었다. 그렇게 내 몸과 마음 곳곳에 독을 퍼뜨리는 것과 같은 개념이라는 말이다. 어떤 사람의 쓰레기 같은 견해를 그대로 여과 없이 받아들이면 오롯이 내 감정을 오염시키는 일이 되고 만다. 나도 학창 시절에 여러 번 당한 기억이 있었지만, 단호하게 무시하고 나의 존엄을 지켜 나갔더랬다. 사람들이 어떤 말을 하든, 어떤 시선을 보내든, 무슨 일을 벌이든, 신경 쓰지 않아야 한다. 내 것으로 받아들이지 않으면 된다. 사람들이 어떻게 느끼고 생각하고 말하고 행동하든 간에 거부할 줄도 알아야 한다.

자녀를 키우는 부모 마음이 다 그런 것일까? 자녀의 앞날을 걱정하는 아주머니에게서 부모의 마음을 감히 짐작할 수 있었다. 문득 '청산이 그 무릎 아래 지란을 기르듯 우리는 우리 새끼들을 기를 수밖에 없다'는 어느 노시인의 시구가 생각났다. 거의 한 시간의 이야기를 듣는 것으로 하룻밤 숙박료로 대신한 나는 운문령을 출발했다.

894봉에 올라서 보니 굽어보이는 와항재로 이어지는 주능선이 어느 길인지 가늠할 수가 없었다. 풀어헤친 머리카락처럼 와항재까지 펼쳐진 여러 능선 중의 하나를 더듬듯 찾아가야 했다. 와항재에 도착하니 음식점들이 많았다. 휴게소에 들려 빵과 우유를 사 먹었다. 이렇게 긴 여정을 할 때에는 꼭 배가 고파서가 아니라 먹을 기회가 생기면 무언가를 계속 먹어두어야 했다. 언제 또 먹을 기회가 올지 장담을 못하기 때문이었다. 가방의 비상약을 살펴보니 이가 아파 계속 복용했던 진통제가 어느새 동이 나 있었다. 휴게소 매점에서 진통제와 행동식을 보충하여 배낭에 넣었다. 그리

고는 진통제를 2알 입에 털어 넣고 다시 울주군 상북면과 두서면에 걸쳐 있는 고헌산(1,033m)으로 출발했다. 태화강의 발원지인 백운산(892.7m)으로 가는 능선엔 고즈넉한 침묵이 감돌고 있었다. 바람도 잠시 멎어 버린 완전한 침묵이었다. 산기슭의 나무들도 움직임 없이 고요함만이 내려 앉아 있었다. 그 산새에 매료되어 그 숲에 내 육신이 마치 젖어 들듯 흡수되는 느낌을 받았다. 온 생명들이 사라져 버린 곳처럼 이상한 정적이 산을 덮었다. 아침부터 가슴으로 노래하던 아름다운 새들도 어디론가 사라지고 없었다. 하늘 위로 먹구름이 몰려들기 시작했다. 신선하고 맑았던 하늘에 침침한 회색빛이 감돌더니 이내 산속의 고요함을 깨우듯 빗소리가 차츰 거세지기 시작했다. 짐을 최대한 줄이기 위해 우비 대신 가져온 세탁소용 비닐커버를 뒤집어썼지만, 이 알량한 얇은 비닐은 바람과 비를 단 몇 초도 이겨 내지 못했다. 물에 빠진 생쥐마냥 소낙비에 온몸이 젖었다. 소나기는 몇 분간 줄기차게 내리다가 그치더니, 다시 내리기를 몇 번이나 반복했다. 그나마 배낭 커버가 있어서 배낭 속 물품들은 비에 젖지 않을 수 있었다. 나의 육신을 가릴 것은 없었지만 빗속을 걷는 것도 나쁘지 않았다. 시원한 느낌과 더불어 자연인, 그러니까 원초적인 느낌까지 느낄 수 있어 세상에 찌든 나를 씻겨주는 느낌이었다. 아마 경험하지 않으면 알 수 없는 독특한 희열감과 육체의 해방감이 느껴졌다. 어느새 비가 그쳤고, 그 무렵 나는 소호고개에 도착했다. 이제 저녁이 찾아오고 있는지 서쪽 하늘에서 일몰의 진통이 시작되고 있었다. 아리도록 붉게 물들어가는 저녁 하늘을 보고 있자니 순간 '죽음'이라는 단어가 떠올랐다. 어쩌면 죽음이란 저렇게 찬란하고 황홀하게 작열하는 것이 아닐까라는 생각이 들었다. 일몰의 그 마지막 절정의 시간과 동시에 어둠의 그림자가 주변에 드리우기 시작했고, 문득 내 친구 환영이가 떠올랐다. 환영이도 저 일몰처럼 어느 정점에서 마지막 불꽃으로 타오르다가 멸해가듯 죽음을 맞이했을 것이라는 생각이 들었다.

운이 좋게도 오늘 밤은 낙엽을 침대 삼아 지낼 수 있게 되었다. 낙엽이 쌓여 있는 평평한 자리를 찾아 텐트를 쳤다. 낙엽더미는 푹신한 쿠션 역할을 해주기 때문에 그 어느 때보다도 들뜬 기분이었다. 식수를 떠오기 위해 오른쪽 계곡으로 내려갔더니 이미 물이 마른 지 오래된 곳이었다. 다시 텐트로 돌아와 지도를 본 후 반대편 계곡으로 내려갔다. 날은 점점 어두워지고 있었고, 먹구름이 다시 찾아오고 있었다. 물을 뜨기 위해 2시산을 더 허비히는 사이, 남아 있던 내 체력은 모두 소진되었다. 그래도 텐트가 있는 곳으로 되돌아와서는 산속의 밤을 자유롭게 느낄 수 있었다. 누구의 시선도 받지 않았기 때문에 그 자유로움이 더 크게 느껴진 밤이었다. 그렇지만 비도 맞고 땀도 흘렸기에 물을 덥혀 수건을 적신 후 몸을 마사지하듯 닦아냈다. 이내 내 몸은 수건에 적셔진 따뜻한 물기가 피부에 서리면서 온몸의 열기와 땀방울들을 거두어가고, 그 자리를 바람이 어루만져주며 몸을 식혀주었다. 마치 신성한 의식처럼 모든 과정이 이루어졌다. 이렇게 여정을 마무리하는 저녁마다 산정山頂 의식(목욕)을 끝내고 나면 날마다 반복되는 똑같은 일과를 노련히 수행하는 내 자신이 대견해졌다. 세상만사가 모두 잊히고 무념무상의 상태에 접어들며 황홀한 경지에 빠져드는 것만 같았다.

인생 벌거 없데이

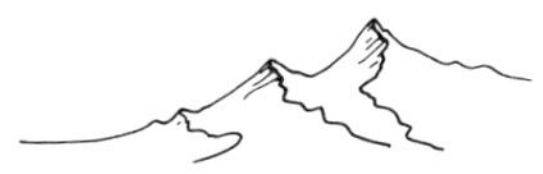

순례 9일째 ⋯ 휴식·비로 인한 뜻밖의 쉼

　　순례 9일째로 접어드니 이제 라면만 봐도 비위가 좋지 않았다. 결국엔 아침으로 라면의 면만 끓여 토마토케첩에 비벼 먹기에 이르렀다. 그나마 라면 같은 느낌보다는 다른 음식 같아서 먹을 수 있었다. 이렇게 질려 버린 라면이지만 쌀보다도 가볍게 메고 다닐 수 있어 라면을 포기하지는 못했다. 체력 소모가 심한 장기산행을 위해서는 뭐라도 뱃속에 넣어두어야 했다.

　배를 채우고 나서 따뜻한 차 한 잔의 여유를 누리고 있는데, 텐트 밖에서 이상한 소리가 들려왔다. 잎사귀를 부스럭대며 다가오는 소리가 들렸고, 누군가 살며시 나의 텐트를 두드리는 것만 같왔다. '계시나요?' 하며 마치 누군가 나를 부르는 듯했다. 이른 새벽, 이 깊은 산중에 누군가 올라온 것일까? 갑자기 심장이 미친 듯이 뛰기 시작했다. 두려움이 몰려왔다. 산에서는 짐승보다 사람이 제일 무섭다고 했는데, 이렇게 무방비 상태에서 사람을 만나는 것만큼 무서운 일은 없었다. 밖으로 나가 누군지 확인하려 했지만, 이내 인기척이 사라졌다. 사람이 지나간 것일까? 숨죽이며 차를 마시고 있는데, 이번에는 무언가가 텐트 지붕을 흔들어대기 시작했다. 그때야 비로소 마음이 놓였다. 아, 사람이 아니었다. 자세히 들어보니 비였다. 텐트에 부딪치는 빗소리였다. 어제 저녁부터 날씨가 심상치 않더니 비가 오고 있었다. 사람만큼 달갑지 않은 손님이 바로 비였다. 비가 그칠 때까지 내 여정에 차질을 빚게 되었다. 부어오른 발목도 신경 쓰였다. 마음 같아선 몸을 추스리며 하루 푹 쉬었다 가고 싶었다. 발목도 발목이었지만, 왼쪽 어금니가 계속 아파 치과도 가고 싶었다. 아파봤던 사람들은 다 알테지만 치통처럼 남들에게 하소연하기 어려운 고통도 없을 것이다.

하지만 이런 육체적인 고통 때문에 괴로운 것만은 아니었다. 그런 것들은 사색의 시간을 저해할 방해물이 되질 못했다. 인생이 정말 살 만한 가치가 있는가에 대한 나의 화두를 가릴 수는 없었다. 하루 일과 중에 산길을 걸으면서 우리의 짧지만 아름다운 청춘을 더럽히는 불신, 무관심, 불의, 허위, 분노, 시기, 질투, 미움,

반목, 대립, 가식을 생각했다. 왜 그것들은 내 주위를 어슬렁거리고 있는지 알 수 없었다. 이 모든 것들이 청결이라는 이름 아래 불태워져 버린다면 얼마나 좋을까.

지나온 산줄기를 돌아보는 그 마음처럼 나는 나를 사랑하고 있는지, 내 삶과 나를 둘러싼 모든 것을 사랑하고 있는지 궁금해졌다. 그리고 나는 사랑 없이 바라보는 세상은 무의미하다는 걸 어렴풋이 깨닫고 있었다. 나는 이 사랑을 발견하기 위해 이 순례의 고통을 감수하고 있었는지도 모를 일이었다.

소호고개를 넘어 경주권역으로 진입했더니, 낙동정맥 주능선이 온통 파헤쳐져 있었다. 황량하게 파괴된 산길을 따라가 보니 어떤 산소 터에서 길이 사라졌다. 개인의 이기심으로 산소 터를 잡으려고 자연을 파괴하고 있었다. 갑자기 분노가 치밀어 올라왔다. 경상도 사람들의 심장이라 할 수 있는 영남알프스가 사람의 이기심 때문에 이렇게 파괴되어 가고 있다니 정말 안타까울 뿐이었다. 이러한 일에 부끄러움도 모르는 사람이라는 것에 자연 앞에서 고개를 떨구었다.

순례 10일째 … 수의동·마음속 봄을 느끼게 해준 야생화

찬밥으로 아침을 때우고 텐트 문을 열어보니, 뭉게

꽃대에서 잘려 나간 꽃송이들은

제 명을 다 살지 못했지만,

원망하지 않고 다시 봄을 기다릴 것이다.

꽃은 피었다고 우쭐대거나

졌다고 슬퍼하지 않을 테니까.

구름 몇 조각이 하늘에 흩어져 한 방향으로 유유히 흘러가고 있었다. 나뭇가지들 사이로는 아직도 지지 않은 새벽별들이 보였다. 새벽부터 정말 유별난 정적이 감돌고 있었다. 무슨 일이 일어난 걸까? 마치 태초부터 있었던 침묵처럼 숲과 골짜기를 가득 채우고 있는 것 같았다. 어찌된 일인지 새들도 풀벌레도 울지 않는 유별난 정적이 감도는 새벽이었다.

수의동의 주능선을 걸으며 산책로로 잘 정비해 놓은 야외전시장의 넓은 잔디밭 곳곳에 설치된 예술조각품 전시물들을 지나쳤다. 지금까지 하루도 쉬지 않고 열흘째 산길만 걸어오다 보니 몹시 지쳐 있었지만, 산길에 지천으로 핀 봄 야생화가 피로를 씻어주었다. 동의나물, 피나물, 현호색, 금낭화를 비롯해서 이름 모를 야생화 군락들이 저마다 아름다움을 뽐내고 있었다. 능선 주변에서 가장 흔히 볼 수 있는 진달래가 햇살 아래서 가장 먼저 분홍빛 향연을 보여주고 있었는데, 거센 비바람 때문인지 주변 곳곳에 시들해져서 빛바랜 꽃잎들로 장관을 이루고 있었다. 저 꽃잎은 지면 어디로 갔다가 어디로 오는 것일까. 지금 이 순간 저 꽃잎들의 화려한 낭비를 지켜보며, 아직 봉우리조차 열지 못하고 시름시름 앓고 있는 내 마음을 다시 바라봤다. 봄은 왔는데도 내 마음은 아직도 겨울, 히말라야의 차디찬 계곡인 것만 같았다. 화려한 봄날, 꽃은 피었는데 내 마음의 꽃봉오리는 아직 열리지 않았다. 내 마음의 꽃봉오리도 언젠가는 꽃을 피워낼 수 있을까? 나는 무엇을 꽃피우기 위해 이 길을 걸어온 것일까? 10일의 시간 동안 길을 걷고 또 걸었는데 왜 나는 마음의 여유를 갖지 못하고 있는 것일까? 나는 그렇게 한발 한발 내딛는 발걸음에 마음을 담았다.

순례 11일째 ⋯ 시루마기 생식마을 · 가장 많은 길을 걷다

　　　　밤새 울어대던 소쩍새가 어둠에게 물러나야 할 시간이 오고 있음을 알려주고 있었다. 그리고 어디선가 검은등뻐꾸기의 첫 울음이 터져 나오면서 어둠 속에 빛이 스며들기 시작했다. 처음에는 한두 종류의 새소리만 들리더니 이내 또 다른 종류의 새소리도 함께 들려왔다. 새들로 이루어진 오케스트라가 만들어낸 음악은 나의 작은 텐트 속 어둠을 몰아내더니 어느새 밝은 여명을 조금씩 끌어들이고 있었다. 어둠의 끝자락이자 빛의 시작점에 서서 노래하는 새들이 여명을 불러내고 있음이리라. 새들은 어둠의 장막이 물러날 시간을, 여명이 밝아 올 시간을 어떻게 알 수 있는 것일까? '우우후훗~ 우우후훗' 처음이자 마지막 주자로 피날레를 장식하는 검은등뻐꾸기의 선율과 함께 점차 어둠은 완전히 사라져 버렸고, 나는 텐트 안에 누워서 그렇게 다시 산속에서의 아침을 맞았다.

시루마기 생식마을이 있는 숙재고개에서 낮은 구릉지대를 통과했다. 만불산(278.5m)을 지나 미친 듯 걸었더니 어느덧 회색빛 땅거미가 지고 있었다. 서둘러 식수를 떠와야 했기에 계곡으로 내려갔지만, 계곡은 부산물과 미생물이 가득한 낙엽 썩은 물만 고여 있었다. 하지만 이 물이 아니고서는 다른 물을 구할 방법이 없었기 때문에 감사히 받아들여야 했다. 이 물로 밥도 하고 찌개도 끓여서 저녁을 해 먹어야 했다. 좀 당황스럽지만 살아남기 위해선 어쩔 수 없었다. 이렇게 심할 정도로 부산물이 많이 긴 물까지 먹게 되다니 참담하긴 했다. 하지만 인간은 어떤 상황에서도 그 상황에 따라 길들여지고 익숙해지게 되어 있었다. 불가피한 상황에 처한 인간으로서 물의 소중함을 새삼 곱씹으며 코펠에 물을 담아 밥을 지어 먹었다. 밥을 먹고 나니 온몸이 다 쑤셔왔다. 오늘은 순례 기간 중 가장 많이 걸은 날이었다.

순례 12일째 ··· 전수사 · 위로의 노래

경주시 경계면을 지나 영천시 고경면에 있는 천수사 마을에 도착했다. 어제 무리하게 여정을 한 탓에 몸을 가누기 힘들 정도로 온몸이 쑤셔왔다. 그래도 무리하게 걸어서 온 결과 12일 동안 대략 180킬로미터의 1차 구간 순례를 무사히 마칠 수 있었다. 49일간의 일정을 대략 5차 구간으로 나누었는데, 그중 한 구간을 소화해낸 것이었다. 그래도 내일은 쉬어갈 수 있는 날이었기 때문에 그나마 위안이 됐다. 오른쪽 발목이 많이 호전되었지만, 치통 때문에 고통스러운 상황은 여전했다.

오늘은 천수사 아래에 있는 마을의 황수장여관에 짐을 풀었다. 주인아주머니는 퀘퀘한 생선 비린내가 진동하는 식당도 운영하고 있었다. 인심은 좋아보여 나는 열심히 나의 순례 취지를 설명하면서, 돈이 부족하다며 숙박료로 만 원만 받아달라고 간곡히 요청했다. 내 진심 어린 사정이 통했던 것일까, 주인아주머니는 흔쾌히 승낙해주었고 식당 주방의 안쪽 통로로 들어가는 뒷방을 안내해주었다. 황수장여관은 2층이었지만, 나의 만 원짜리 방은 1층의 구석진 방이었다. 그래도 텐트가 아닌 곳에서 하룻밤 편안히 묵을 수 있다는 것만으로도 감사한 일이었다. 주인아주머니의 말투는 경상도 사투리 때문에 드셌지만, 따뜻한 배려와 구수함이 전해져 마음까지 따뜻해졌다.

여관방으로 들어서다가 벽에 걸린 거울 속의 내 몰골과 마주쳤을 때, 순간 당황하며 소스라치게 놀랐다. 며칠 전의 사람 같았던 모습은 온데간데없었다. 검붉게 탄 얼굴과 기름기가 뭉쳐져서 형클어진 머릿결 때문에 영락없이 노숙자였다. 주인아주머니는 얼마나 놀랐을까. 십 여 일을 제대로 씻지도 못하고 산에서만 있었으니, 땀 냄새와 더불어 찌든 냄새를 풍기고 있었다. 그렇게 10여 일의 모든 때를 씻고 있으니, 주인아주머니가 날 부르는 소리가 들렸다.

"총각! 밥 무운나?"

"아니요."

주인아주머니는 대뜸 나를 불러 식당 테이블로 앉으라며 손짓했다. 불쌍한 젊은이를 측은히 여기고 받아주기까지 한 아주머니는 따뜻한 밥상까지 차려 놓고 날 기다리고 있었다. 며칠 만에 보는 윤기가 흐르는 찰밥이었다. 눈이 휘둥그레진 나는 고맙다는 말 한마디만을 외치고, 바로 달려들어 허겁지겁 밥 한 그릇을 다 비워 버렸다. 된장찌개와 6가지 종류의 밑반찬까지도 모두 다 비워 냈더니, 아주머니는 안쓰럽다는 듯 물끄러미 쳐다보고만 계셨다. 얼마나 불쌍해보였는지 아주머니는 밥 한 상을 다시 차려오셨다. 나는 부끄러움도 모르고 인정사정 볼 것 없이 또다시 먹어치웠다. 이런 기회가 다신 오지 않을 것이었다. 두 번째 밥상을 받아 놓고서도 옆자리 손님이 먹다가 남긴 닭볶음탕에 눈독을 들이나가 손님들이 계산하고 나간 후, 잠시 눈치를 보고 닭 뼈다귀에 붙어 있는 살들을 순식간에 발라먹었다. 돈이 없어서 사 먹을 수 없었기에, 먹다 남은 음식이라도 나에겐 감지덕지였다. 닭고기 살을 맛볼 수 있다는 건 큰 기회이자 행운이 아닐 수 없었다. 그러고 보니 오늘은 점심도 먹지 못하고 종일 걷지 않았는가. 배고픔 앞에서 내 이성은 이미 저 멀리 사라진지 오래였다.

"어디서 왔능교?"

"서울에서요."

"무야로 예까지 왔는데?"

"지금까지 12일간 부산에서부터 이어진 산길로만 걸어왔어요."

식사를 마치고 빨래를 하려고 하니 아주머니가 세탁기도 선뜻 사용하라며 마음을 써주셨다. 나는 입고 있는 속옷과 반바지만 빼고 모든 것을 빨았다. 탈수도 깔끔하게 해서 보일러 방에 널어두었다. 나는 아주머니의 마음에 조금이라도 보답하기 위해 식당 테이블을 정리하고, 바닥 청소도 하면서 식당의 저녁 장사가 끝날 때까지 일손을 도왔다. 털털하면서도 깔끔한 아주머니는 성격도 호탕했다. 이런 성격은 뒤끝도 없지만, 앞뒤 계산도 하지 않는 것 같았다. 정도 많아서 사람들을 좋아하고 너무 잘 믿는 경향도 있었다. 나는 단번에 아주머니가 맘에 들었고, 어떻게 하든 아주머니의 마음을 끌기 위해 애썼다. 성실한 내 모습이 맘에 들었던 것일까? 아주머니는 식당 영업을 마친 후, 테이블에 소주를 올려놓고 나를 불렀다. 아주머니는 소주와 더불어 안주로 감자탕까지 보글보글 끓이고 있었다. 갑자기 감자탕을 보니 밥이 더 먹고 싶어졌다. 아주머니에게 밥을 더 먹어도 되느냐고 묻고는 답도 기다리지 않고 밥을 가져와 아주머니 앞에 앉았다. 아주머니는 내 행동과 표정을 보면서 웃음을 참지 못했다.

"니 이름이 머꼬?"

"성정이라고 해요."

"성정이?"

"예."

"이름 참 발음하기 어렵네. 여자 이름 같다 하고마. 어째스까. 쯔쯔…… 그래 니는 지금 몇 살인교?"

"스물세 살입니다."

"스물세 살? 아이쿠! 우야노. 우리 아 나이다 아이가. 우짜스꼬, 지금 군대 가 있다 안 카나. 딱 내 아들 나이데이. 쯔쯔쯔…… 근데 니 몰골이. 왜 그야 덴긴데? 좀 깔끔하게 다녀야제."

"아, 그래요? 하하하 그렇군요. 제가 아들 같아 보였나요?"

"그래. 맞다카이. 그래, 맞다 아이가. 니가 내 아들이다. 내 아들 같데이."

"그런데 아저씨는 어디 계세요? 안 계시나요?"

"아저씨? 우리 남편? 우리 남편은 오래전에 죽어삐릿따. 그러니까 보자, 벌써 5년 됐다 아이가. 제 명에 못 죽었제. 간암으로 고생 으윽수르 했제. 근케 마 내 술 좀 고만하라카고 몬 마시게 케도 말 지지리도 안 들었다 아이가."

"아, 그래서 혼자 운영하고 계시는 거군요. 하나밖에 없는 아들 많이 보고 싶으시겠어요."

"아문, 억수로 보고 싶다 아이가. 울 아들은 대구에서 대학교 2학년 마치고 올해 군대 갔제. 마이 보고 싶다."

아주머니는 소주잔을 들이키며 아들 생각을 하고 있었다. 잔주름 깊게 패인 아주머니의 만면에 기쁨이 들어차 보였다. 그때 형광등 불빛 사이로 아주머니의 뺨을 타고 눈물이 흘러내리는 것이 보였다. 아주머니는 손으로 눈물을 훔치며 이내 노래를 부르기 시작했다. 남편을 보내고 버텨왔던 지난 세월과 아들에 대한 그리움이 사무치는 듯했다. 그래도 오늘, 아들 같은 나를 만나 그 외로움이 조금이나마 가시기를 바랐다.

"성정이? 성장이라 했나? 니 왜케 애볐노? 빼빼하니 너무 말랐다 아이가. 마이 묵고 살 좀 찌라카이. 그리고 뭔 고생을 이케 하능교? 왜 이렇게 고생하는데?"

나는 낙동정맥을 따라 백두대간 770킬로미터를 왜 걷게 되었는지 설명했다. 술기운이 올라오는 바람에 히말라야 만년설에 묻힌 친구 환영이 얘기도 하다가 덧붙여서 산다는 것이 무엇인지 잘 모르겠다고 말했다.

"아고메야 불쌍한 것. 우짜스까! 인생 별거 없데이. 그냥 살면 된다 아이가. 끝까지 살아남아서 보기 좋게 살아야제. 죽은 사람은 죽은 사람인 거고, 살 사람은 살아야제. 니 단디 맴 머끄래이.
인생 금방 가삔다. 한번 지나간 청춘은 돌아오지 않는 기라 아이
가. 한번뿐인 인생은 소중한 기라. 확 치아 뿌라마! 머스마가 그라
믄 몬슨다. 니 아주 멋진 사람이다 안 칸나. 단디 맴 머끄래이. 성
정아! 부탁한데이!"

야단치듯 들리는 경상도 사투리가 마치 위로의 노래처럼 들려
왔고, 내 몸과 마음은 무너지고 있었다. 아주머니는 나에게 계속
술을 권했지만, 오랜만에 마시는 술에 취기가 올라 서둘러 정리하
고 방으로 들어가 곯아떨어졌다.

순례 13일째 ⋯ 휴식 · 짜장면, 세상의 맛

아침부터 서둘러야 했다. 오늘은 영천시내에 나가
2차 구간에 필요한 식료품과 행동식을 보충해야 했고, 치과에 들
러 왼쪽 어금니에 대한 조치가 필요했다. 그러나 영천시내에 도착
했을 때, 선거일이라 병원은 문을 닫았고 식료품과 신동세만 살
수 있었다. 나에게는 더 중요한 일이 있었으니 바로 중화요릿집에
가서 짜장면 곱빼기를 먹는 것이었다. 부산에서부터 지금까지 하
루도 빠짐없이 날마다 먹고 싶은 것들을 하나씩 생각했는데, 그
중에서 짜장면이 가장 많이 생각났었다. 먹고 싶은 그 욕망을 누

르고 잘 버틴 나에게 이젠 보상을 해주어야 할 시간이었다. 짜장면을 먹기 위해 이 날(휴식일로 삼은 날)이 오기를 나는 얼마나 기다렸던가! 아마 알라딘의 램프에서 요정이 나에게 소원을 물어본다면 '짜장면'이라고 바로 답했을지도. 소원이란 의외로 가끔은 현실 속에서도 어처구니없고 황당한 상식 밖의 것이 될 수도 있겠다는 생각이 들었다. 정작 짜장면은 내 뱃속으로 10분이 채 걸리지 않고 사라졌다. 짜장면과 함께 오랜만에 소원성취한 기쁨으로 느긋하게 오후의 일상을 누렸다. 흐뭇한 마음으로 천수사로 가는 버스를 기다렸다. 짜장면 한 그릇이 주는 행복 때문인지 모든 것이 아름다워보였다. 하늘에 떠 있는 뭉게구름이 입맞춤하듯 살포시 포개어지면서 하나가 되어 흘러가고 있었다.

나는 비로소 세상 밖으로 나왔다. 더 이상 이전의 나로 되돌아갈 수 없었다. 젊다는 건, 깨어 있는 질문을 할 수 있다는 것이 아니었던가. '나'란 존재가 무엇인지 모든 것을 걸고 알아볼 필요가 있었다. 무기력과 나태함에 밀려 더 이상 물러서지 않으리라 다짐했다. 계획대로 끝까지 완주해서 성공적인 마무리를 하겠다는 나의 확고한 의지는, 또 다른 삶의 문을 두드리고 있었다. 내 삶의 주인공은 바로 나였음에도, 나는 얼마나 많은 시간을 주변 눈치만 살피면서 살아왔던가. 나는 이번 백두대간 순례를 통해 삶의 의미를 되새겨보고 인생의 새로운 전환점을 마련하리라. 세상아!

세상아! 기다려라. 내가, 성정이가 간다! 내가 어떻게 사느냐는 내 의식상태에 의해 결정될 것이다. 내 의식상태에 책임지지 않는다면 나는 내 삶에 대하여 책임지지 않는 것이니까.

3

길을 찾는 청춘을 위해

길을 찾는 청춘을 위해

베레모 아저씨와

유혈목이

순례 14일째 … 어림산 정상·인생의 시간을 배우다

8시에 출발해 경주시 현곡면 남사리와 영천시 고경면을 가르는 '마치재' 고갯마루에 도착했다. 내가 계획한 2차 구간이 시작되는 곳이었다. 이곳부터 어림산(510m)까지 이어지는 주능선을 걸어 어림산 정상에 도착했다. 그곳에서 빨간색 등산조끼를 입은 아저씨를 만났다. 그는 자신의 머리숱 없는 것을 감추려는 듯 베레모를 꾹 눌러쓰고 있었다. 그런데 이상하게 그에게서 고독함이 느껴졌다. 가까이 다가가니 얼굴에는 주름이라고는 살펴볼 수 없는 고운 피부를 가지고 있었다. 그가 나를 불렀다.

"반갑습니다. 젊은이, 이리와요. 식사 안 했으면 같이 합시다."

그 아저씨는 마침 바위 둔덕에 도시락을 펼쳐 놓고 식사를 하려던 것 같았다. 내가 불쌍해보였던 걸까? 도시락은 한 개밖에 준비해 오지 않은 것 같은데 막무가내로 함께 먹자고 했다. 그는 처음 만나는 나에게 아무런 조건 없이 음식을 베풀며 관심을 보여줬다. 아저씨는 사용하던 나무젓가락을 반으로 자르더니 내게 건넸다. 나는 나무젓가락을 받아들고는 염치불구하고 허겁지겁 도시락으로 달려들었다. 산에 다니면서 터득한 내 철칙은, '기회 있을 때 먹자. 허기지기 전에 먹자. 먹기 싫어도 먹자'였다. 특히 이번처럼 장기산행인 경우에는 무조건 닥치는 대로 뱃속에 채워 넣고 그다음을 생각해야 했다. 허기가 느껴지면 급격히 체력이 떨어지고 체력이 떨어졌을 때는 이미 늦었다. 허기지기 전에 미리미리 먹어두어야 하루 종일 체력을 안배하며 걸을 수 있었다.

내가 너무 빠르게 먹는 바람에 정작 도시락 주인은 내 입만 멀뚱멀뚱 쳐다보고 있었다. 나는 능청맞게도 남의 도시락을 내 것처럼 먹으며 '왜 안 드시느냐'고 묻기까지 했다. 아저씨는 그런 나를 보며 배부르다며 웃었다. 그러더니 자신의 베레모를 계속 만지작거리며 배낭에서 사과를 꺼내 베어 먹었다. 아마도 베레모를 쓰다듬는 버릇이 있는 것 같았다. 아저씨는 은은한 미소를 지으며 내가 먹는 모습을 신기하게 쳐다보았다.

"젊은이는 어디서 왔는가?"

"서울이요. 부산에서부터 낙동정맥 산줄기만 타고 왔습니다. 이 산길만 걸어온 지 벌써 보름 정도 됐어요."

"아, 대단하군 그래. 밥은 잘 먹고 다니나?"

그럭저럭 먹고 다닌다고 대답하며 대답과는 다르게 도시락을 모두 비웠다. 아저씨는 등산조끼 주머니에서 초코파이며 사탕, 육포 등을 나에게 슬쩍 넘겨주었다. 나는 처음에는 손사래를 치며 사양했지만, 두 번째는 사양하지 않고 넙죽 받아 챙겼다. 도시락까지 얻어먹었는데 행동식까지 보충하게 되다니 정말 운이 좋은 날이 아닐 수 없었다. 베레모 아저씨는 이제 산에서 내려가니 행동식이 필요 없다고 했다. 내가 미안해하지는 않을까 배려하는 아저씨의 마음이 느껴졌다. 이렇게 좋은 사람을 만나 마음을 받았으니 언젠가는 세상에 돌려주리라 다짐했다.

아저씨는 어딘지 모르게 쓸쓸하고 외로워보였다. 혼자 산행을 하는 아저씨가 갑자기 어떤 분인지 궁금해졌다.

"아저씨는 뭐하는 분이세요?"

"나? 나는 말이지. 허허허……. 뭐가 그렇게 궁금한가?"

베레모 아저씨는 자신의 얘기를 차분히 들려주기 시작했다. 원하지 않았던 명예퇴직과 회사에 대한 배신감을 토로하셨다. 문득 화가 치밀어 오를 때마다 자주 이 산을 찾아왔다고 했다. 정말 이상하게도 이렇게 몇 개월 산을 다니다 보니 회사에 대한 분노는 잦아들었고, 인생무상人生無常의 감정이 들었다고 했다. 산이 사람을 치유해준다는 말이 새삼 와닿았다.

"자네는 무슨 고민이 있는가? 말해보게."

"저는 요즘 삶과 죽음이란 무엇일까, 그런 생각을 자주 해요. 왜 사람들은 어차피 죽는데, 마치 영생을 살 것처럼 사는지 모르겠어요."

"음, 좋은 의문이군. 그래 어떤가? 걸으면서 생각이 정리되는 게 좀 있는가?"

"잘 모르겠어요. 뭐가 뭔지. 여하튼 이번 순례 중에 곰곰이 생각하고 있습니다."

"음. 나는 이제 50이 되어서 인생을 돌아보게 되었는데, 자네는 좀 더 멋진 인생을 살고 있구먼. 자네는 나보다 더 나은 사람으로 살아가게 될 것이네. 보다 더 훌륭한 인생을 살게 될 젊은이를 만나서 반갑구먼. 그동안 나는 성공을 위해 열심히 달려왔는데, 돌아보니 남은 것이 없지 않은가. 무엇을 위해 누구를 위해 그렇게 달려왔는지, 돌아보니 다 허깨비였지. 정작 내가 어디로 가고 있는지, 잘 하고 있는 것인지도 모르고 바쁘게만 살아왔던 거야. 참고 견디고 인내하면서 단 한 번도 나를 위해 살아본 적이 없었던 거지. 오직 회사밖에 몰랐고 승진하려고 부단히 노력했었는데, 처자식 먹여 살리려고 아등바등 애쓰며 살았지. 그렇게 30년 지나고 보니까 그게 아무것도 아니더라고, 아무것도. 정작 나를 위해 살아온 건, 나를 위해 투자한 시간은 없었더라구. 어느 순간 이게 뭔가 싶더란 말이야. 자네는 지금 젊으니까 내 말 명심하고, 제대로 인생을 좀 멋지게 자신을 위해 살아봐. 나도 이렇게 50대가 될 줄은 몰랐어. 마음만은 20대인데 몸이 이젠 말을 듣지를 않아."

나는 아저씨의 꾸밈없는 진솔한 고백에 매료되었다. 생면부지의 누군가에게 이런 이야기를 할 수 있다는 것이 쉬운 일은 아닐 것 같았는데, 그것도 어린 나에게 이런 고백을 하게 될 줄은 정말 몰랐다. 아저씨에게는 이런 속마음을 나눌 사람이 주변에 없는 것 같다는 생각도 들었다. 아저씨는 나의 고민을 알고 있는 듯 천천히 자신의 이야기를 다시 들려주기 시작했다.

"자네, 혹시 이런 말 들어보았는가? 모든 것이 다 헛되고 헛되도다, 일장춘몽一場春夢이지. 인생이란 한순간의 꿈과 같은 거라네. 이 몸을 벗게 되면 우리들은 또 다른 여행을 준비해야 해. 어느 누구도 예외가 없는 거지. 이건 모든 사람에게 공평한 일이야. 부자에게도 가난한 자에게도 에누리가 없어. 어떻게 살았든 무엇을 했든 죽음이란 필연적인 운명이야. 그 죽음의 실체를 이해하고 나면, 삶과 죽음이 결국 하나라는 것을 알게 될 테지만. 나도 한때는 어떻게 살아야 하는지 몰라서 갈팡질팡 살았지. 사회적인 지위를 위해, 가정을 위해, 돈을 쫓아서 분주히도 달려왔는데 이렇게 중년이 되고 나서 보니 별거 아니더군. 뭘 그렇게 먹고살기 위해 버둥거리면서 살아왔는지 돌아보게 되더라구. 소중한 것이 무엇인지 그때는 잘 몰랐지. 결코 돌아올 수 없는 강을 건너와서야 후회하곤 한다네. 그래서 요즘에는 혼자 산에 다니면서 마음을 보살피고 있지. 지금이 나에겐 최고로 멋진 인생의 시간이거든. 이제는 더 이상 허깨비에 속아 살지는 않을 것 같아. 정말 중요한 것이 무엇인지 알게 되었으니까."

먼 능선을 바라보던 아저씨는 뭔가 깊은 상념에 젖어드는 것 같았다.

"그래서 정말 중요한 것이 뭐라고 생각하시는 건가요?"

베레모 아저씨는 한참을 머뭇거리더니 지그시 눈을 감고 명상에 잠겼다. 이내 아저씨의 관자놀이가 떨리기 시작했다.

"자네! 젊을 때일수록 몸 관리 잘해야 해. 젊다고 막 다루면 안 돼. 우리는 모두 영적인 존재거든. 요즘에 난 명상센터에서 수련을 하고 있는데, 내가 영적인 존재라는 사실을 알게 되었지. 그런 깨달음이 오더군. 우리 몸이란 단지 잠시 머물다가는 집과 같은 것이지. 우리는 모두 빛이야. 몸은 생명의 빛을 담아내는 그릇이라고 봐야겠지."

아저씨는 몸 자체가 '나'의 전부가 아니라고 역설하고 있었다. 몸

산에 있으면 아무것도 두렵지 않았고,

외로움도 이겨 낼 수 있었다.

생명에 대한 존엄과 경외심을 키워주는 산,

그런 산과 함께한다는 것, 산은 내게 전부였다.

이 사라진다고 '나'라는 존재가 사라지는 것이 아니라는 것이었다. 아저씨는 내 종교관에 커다란 혼란을 불러일으키고 있었다.

눈을 지그시 감고 바위 언덕에 걸터앉아 있는 아저씨의 모습이 마치 구름 위에 올라앉아 어디론가 떠나가려는 신선의 모습처럼 보였다. 한동안 아무 말도 하지 않았다. 그렇게 시간은 흘러가고 있었다. 좀 더 많은 대화를 하고 싶었지만, 눈을 감은 채 생각에 잠겨 있는 아저씨를 남겨두고 돌아서야만 했다. 아저씨가 내게 해준 많은 이야기들을 전부 이해할 수는 없었지만, 언젠가는 그 말들을 이해할 수 있는 날이 올지도 모를 일이었다. 그 말들을 내 마음에 단단히 기억하기로 했다.

순례 15일째 ⋯ 뱀과의 결투 · 승리의 증표를 남기며

열흘 치 식량이 들어 있는 내 배낭은 25킬로그램을 훌쩍 넘기는 무게였다. 그래도 2차 구간 초반이라서 견딜 만했다. 오전부터 송아리까시 쌓여 있는 낙엽을 물살을 가르듯 헤쳐 가며 열심히 걸었다. '쉑쉑, 쉑쉑' 무릎 깊이까지 쌓인 곳도 많아서 마치 낙엽의 바다를 헤엄치는 기분이었다. 낙엽 밟는 소리에 귀를 씻으며 걷는다는 건 언제나 상쾌하고 기분 좋은 일이었다. 마음까지 치유될 것만 같은 소리. 리듬을 타고 경쾌하게 낙엽을 밟으며 가던 중 태양이 작열하는 산길에서 그 뱀을 만났다. 숲 그늘이 드리워진 주능선 위에 똬리를 틀고 있는 푸른 빛깔에 빨간 띠를 두른 유혈목이였다. 맹독을 가진 유혈목이에게는 말 그대로 물리면 끝이었다. 내가 유혈목이에게 한 걸음 다가가자 갑자기 머리를 꼿꼿이 들어 올리고 꼬리를 흔들며 내 갈 길을 막아섰다. 나는 그저 그 옆으로 돌아가려고 했는데 아무래도 오해가 생긴 것 같았다. 유혈목이는 아마 자신을 공격하려는 것으로 알고 나를 위협하는 듯했다. 나의 움직임에 따라 바로 달려들 수 있는 상황이라 순간 긴장했다.

서로를 경계하면서 한참동안 대립했다. 유혈목이는 내가 등을 돌리기라도 하면 당장이라도 물어버릴 기세였다. 이러지도 저러지도 못하며, 한 치의 양보도 없이 꼼짝 않고 있었다. 눈을 깜빡이면 지는 눈싸움처럼, 마치 움직이는 자가 지는 게임을 하는 것만 같았다. 게다가 유혈목이도 이 게임의 규칙을 너무 잘 알고 있는 듯했다.

나는 뱀의 속성을 잘 알고 있었기 때문에 내가 먼저 조심조심 뒷걸음질로 물러났다. 눈빛은 서로 마주보고 있는 채였다. 얼마나 실랑이를 했을까, 유혈목이는 물러나는 내 모습을 확인한 후에야 산기슭 숲으로 미끄러지듯 사라졌다. 자기보다 더 독한 놈을 만난 유혈목이가 내뺀 순간이었다. '와! 이겼다. 유혈목이야! 고마워. 양보해줘서.' 어린아이마냥 기분이 좋아져서 갑자기 장난기가 발동한 나는 유혈목이의 뒤를 쫓아갔다. 썩은 나무막대기 하나를 급하게 주어들고 사라져간 수풀 사이를 헤치며 휘저었다. 바위틈 사이로 사라지는 뱀이 목격되었지만, 더는 뱀의 모습을 볼 수는 없었다. 나는 바위틈 사이에 썩은 막대기를 끼워 넣고 그 자리를 떠났다. 나만 알 수 있는 승리의 증표를 남기고 싶었다. 아찔한 순간으로 이어질 수 있었지만, 뭔가 새로운 활력이 된 것 같았다. 매일 비슷한 산길을 걷는 내게는 그날그날 새롭게 찾아오는 사건사고들이 이야깃거리가 되고 놀이가 되었다. 난 그렇게 좀 엉뚱한 면이 있었다. 하루 종일 걷기만 해야 하는 밋밋한 산행 중에도 이렇게 엉뚱한 방식으로 창조해 내는 놀이에 강렬한 희열을 느꼈던 것이다. 혼자 길을 걸어야 하는 고행의 길에서 나만이 할 수 있는 그런 놀이가 아니었을까? 얼마 만에 이렇게 웃어봤는지, 유혈목이와의 만남이 나를 큰소리로 웃을 수 있게 했다. 고맙다! 뱀 친구!

최고의 구걸법

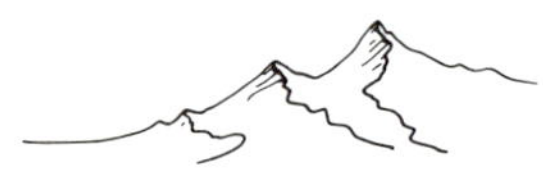

순례 16일째 … 운행계획표 수정

　　새벽에 일어나면 밤새 언 몸을 녹여야 하기 때문에 가스버너를 켜는 것이 어느새 일과가 됐다. 오리털 침낭 속에서 잠이 들어도 새벽녘에는 추위 탓에 새우잠을 자야만 했다. 4월 중순으로 접어들었지만 산속의 밤 기온은 섭씨 5℃ 이하인 경우가 많았다. 여느 때처럼 나는 오전 5시 30분에 일어나 즉석 곰탕을 끓여 식은 밥을 말아먹었다. 1차 구간 중에는 보통 8시에 출발했지만, 2차 구간부터는 7시에 출발해야 했다. 해가 중천에 올라오기 전에 걸으면 덥지 않아 좋은데다, 한 시간 일찍 걷게 되면 정오 전까지 하루 일정 중 70퍼센트 정도는 마칠 수 있어서 조급한 마음이 없어졌다. 대부분 17킬로미터 안팎의 산을 오르락내리락 해야 하기 때문에 아침부터 서두르면 오후 일정에 대한 부담이 덜어졌다. 오늘도 열심히 걸어보리라 다짐했다.

순례 17일째 ··· 비 그리고 다시 걷기

하루의 여정을 마치고 피곤한 몸을 텐트 안에 눕혀 잠을 청했다. 그러다 다시 여정의 시작을 알리는 아침을 맞이하는 일상이 반복됐다. 오늘도 어김없이 텐트 안에서 즉석 해장국을 끓여 먹고 있었는데, 갑자기 텐트를 두드리는 빗소리가 우렁차게 들렸다. 소나기였다. 비는 그칠 줄 모르고 계속 텐트를 흔들었다. 얼마나 많은 비가 내렸는지 텐트 안으로 물이 고이기 시작했다. 시에라컵을 이용해 텐트에 고인 빗물을 퍼냈지만, 이미 침낭과 옷가지들이 젖고 있었다. 이렇게 비가 많이 내리면 다음날도 생각해야 하기 때문에 여정을 중단할 수밖에 없었다. 한꺼번에 많은 비가 내리니 텐트 안은 마치 선생터를 방불케 했다.

한나절쯤 지났을까, 흩뿌리는 비를 맞으며 다시 걷기 시작했다. 배낭과 몸이 젖어들고 마음까지도 젖어들었지만 계속 나아갔다. 소낙비가 물러난 후, 골짜기마다 운해가 가득 들어차면서 산맥들은 구름 위에 섬처럼 드러나기 시작했다. 골짜기에 모인 운해가 출렁이며 수십 개의 봉우리가 마치 바다에 뜬 섬처럼 느껴졌다. 낮은 기압이 형성되어 재나 고갯마루를 간신히 넘어 다니는 운해들과 골짜기에 쌓인 안개구름 때문에 섬으로 태어난 능선들. 소나기가 지나간 자리, 비 갠 후 펼쳐지는 골짜기의 파노라마, 그 장대한 스케일의 살아 움직이는 운해를 바라보며 마치 구름 위에 둥둥 떠 있는 듯한 환상에 빠져들었다. 풀숲에 스민 빗물이 바지를 타고 신발 속에 들어차면서 발걸음은 점점 무거워졌지만, 마음만은 날아갈 것 같았다. 내가 산을 걷고 있는지 분간할 수 없을 정도로. 그 순간 나는 대자연의 품에 안겨 산이 되고 바다가 되고 구름이 되었다.

그렇게 운해의 장관에 흠뻑 취한 상태로 걷다 보니, 식수를 준비하지 못해 빗물을 모아 식수로 써야 했다. 한나절을 멍하니 운해 속을 걷는 데에 몰입해 식수의 존재를 잊은 것이었다. 그래도 마침 다시 비가 내려 빗물을 쓸 수 있었다. 텐트의 덮개를 타고 떨어지는 빗물이 코펠과 시에라컵에 가득 차면 그 빗물을 다시 수낭에 담았다. 갑자기 쏟아지는 장대비와 사투를 벌이느라 힘들었지만 순식간에 식수로 사용할 빗물을 모을 수 있었다. 빗물이라 녹물처럼 노랗게 보이는 이물질들이 떠다녀서 꺼림칙했지만 20킬로미터를 걷는 동안 모든 체력이 다 고갈된 나로써는 이것조차 감지덕지였다. 빗물로 누룽지를 끓여 먹고 차를 마시고나니 세상 부러울 것이 없었다.

　　　　　텐트를 송두리째 날려 버릴 듯한 바람의 횡포가
무서워 밤새 잠을 설칠 수밖에 없었다. 비행 폭격하듯 휘몰아치
는 바람이 어찌나 텐트를 뽑아 버릴 기세던지 나도 모르게 하느님,
부처님을 찾는 기도가 쏟아져 나왔다. 두려움과 공포 때문에 본
능적으로 기도가 터졌나보다. 나는 어떻게든 살아남기 위하여 누
군가에게 기도하는 법을 스스로 터득해 가고 있었다. 내 힘으로
할 수 있는 것은 과감히 수행해 나갈 수 있었지만, 내가 어찌 할
수 없는 것들 앞에서는 기꺼이 받아들이고 인내하는 과정을 견뎌
야만 했다. 그렇게 추위와 바람의 횡포에 맞서다 보니 어느덧 어
둠이 사라지고 여명이 찾아왔다. 모든 것에 무한한 감사를 드리는
진심 어린 기도가 갑자기 터져 나왔다. 몸을 오싹케 하는 찬바람
때문에 두려웠지만 용기 내어 텐트 문을 열어보니 일출의 장관이
온 하늘을 물들이고 있었다. 폭풍 뒤 펼쳐진 형용할 수 없는 황홀
한 일출의 광경은 나를 다시 살아가게 해주는 힘이 되어주었다.
　오늘은 목표로 잡은 황장재까지 가야 했다. 이곳은 어제 저녁
에 도착해야 했던 곳이었다. 일정상 나는 하루 반나절 정도가 뒤

쳐져 있었다. 이곳에서 황장재까지 지도상의 거리는 19킬로미터로 만만치 않은, 쉬지 않고 계속 걸어야만 도착할 수 있는 거리였다. 주왕산국립공원 지구를 통과하는 곳이어서 주능선의 산길은 아주 잘 정비되어 있었다. 영동과 청송의 경계를 이루고 있는 갓바위산(740m)을 넘어 느즈매기재, 명동재, 먹구등 산봉우리를 지나가야 하는 여정이었다. 하루 종일 걷다 보니 나는 마치 걷는 로봇이 된 것 같았다. 숨찬 호흡을 가다듬기 위해 가끔 멈춰 서는 경우를 제외하곤 쉬지 않고 계속 걸었다. 컨디션이 올라올 때는 걷는 일도 '식은 죽 먹기'였다. 그럴 때는 순례의 기쁨까지 느끼며 능선의 곡선과 하나 되어 파도치듯 걷기도 했다. 산길과 한 호흡으로 걷는다는 것 자체가 몸에 깃든 내 불결하고 부정적인 기운들을 맑게 씻어주고 닦아주는 행위인 것 같았다. 나는 걸으면서 살아 있는 산의 영혼을 느낄 수 있었다. 나는 열아홉에 지리산을 만나 산에 미쳐 살다가 비로소 스물셋에 영혼의 눈을 뜨기 시작했다. 내 영혼의 창을 열어주는 건 언제나 산이었다.

쉬지 않고 19킬로미터를 걸어 결국 오늘의 목적지인 황장재에 도착했다. 너무 지쳐 금세 쓰러질 것만 같았다. 황장재에 도착하니 휴게소가 있어 물을 한잔 얻어 마시고 컵라면을 사 먹었다. 체력이 너무 떨어져 취사를 포기할 수밖에 없어 사 먹기로 결정했다. 라면에 이어 핫도그와 아이스크림까지 곁들였다. 음식이 몸으로 들어가니 언제 그랬냐는 듯 죽을 것만 같았던 몸에 다시 힘이 솟아났다. 어느 정도 배를 불린 후, 휴게소 옆 화장실 건물 처마 밑에 텐트를 쳤다. 화장실에서 풍겨 나온 암모니아 냄새가 코를 찔렀지만, 비바람을 피할 만한 장소로는 최적의 조건이라 어쩔 수 없었다. 우리 몸에서 가장 둔감한 곳이 후각이라더니 시간이 지날수록 코끝도 무뎌져 견딜 만했다. 그렇게 깊은 잠에 빠져들었다.

순례 19일째 … 황장재휴게소의 아침

화장실 처마 밑 텐트에서 여덟 시간을 푹 자고 일어나 공중화장실에서 세수를 했다. 따뜻한 물까지 나와 부리나케 머리도 감고 발도 씻었다. 마침 화장실에 물비누가 있어 오랜만에 제대로 씻을 수 있었다. 휴게소 주인아저씨가 밤새 춥지는 않았는지 안부를 물었다. 나는 어제 저녁처럼 황장재휴게소에서 빵과 우유로 아침식사를 때웠다. 식량이 거의 바닥이 나서 열흘 치 행동식과 식료품도 사서 배낭에 욱여 넣었다. 쌀과 라면, 김치, 밑반찬은 주인아저씨에게 부탁해서 약간 얻을 수 있었다. 내가 얼마나 동량을 잘하는지 내 말에 구슬림 당한 주인아저씨의 혀 차는 소리가 돌아선 내 귓가로 들려왔다.

주능선을 올라 걷다 보니 나무에 빨간 끈이 띄엄띄엄 묶여 있

었다. 바로 단체 산행팀을 위해 낙동정맥 주능선을 표시해주기 위
한 표식기였다. 이 표식기는 등산객들에게 잘 보일 수 있게 노란
색 리본형으로 만들어져 있는 경우가 많았다. 하지만 이곳은 약
간의 표식기만 확인하고 걸어도 길을 잃을 염려가 없는 구간인데
도 과하게 걸려 있는 표식기들을 보니 마음이 불편해졌다. 나일론
섬유와 플라스틱 소재로 만들어진 표식기가 썩지도 않아 산 쓰레
기가 될 것이 뻔했다.

순례 20일째 ⋯ 삼겹살 파티

　　　　　경상북도 영양군의 석보면 포산리에 있는 포도산
(748m)으로 가던 중 송전탑 건설을 위해 임의적으로 만들어 놓은
작업도로를 지나면서 나의 눈살은 한번 더 찌푸려졌다. 송전탑
설치 부지를 만들기 위해 포클레인으로 5미터 폭의 작업도로를
내면서 흙과 바윗덩이들을 산기슭 아래로 밀어내고 있었다. 그렇
게 굴러 떨어진 나무들과 돌덩어리들이 뒤엉켜 계곡이 무분별하
게 망가지고 있었고, 주변으로는 아름드리 소나무들이 마구 쓰러
져 훼손되어 있었다. 송전탑 공사를 하는 아저씨를 만나 여쭤보
니, 송전탑 부지를 조성하기 위해서는 작업도로를 개설할 수밖에
없다고 했다. 정부에서 정원개발특례법에 의한 국책사업이라며 대

규모 산림 파괴를 자행하고 있었다. 가슴이 아팠지만, 고된 일을 하고 있는 아저씨들에게 내 속마음을 드러낼 수는 없었다. 그들은 소속된 곳에서 해야 할 임무를 수행하고 있을 뿐이었다. 내가 만난 아저씨들은 공중곡예 하는 서커스단처럼 송전탑 선로를 설치하는 전문 설치팀이었는데, 송전탑 아래에서 지원조 2명이 점심때가 되었는지 모닥불을 피워놓고 대리석 불판에 삼겹살을 굽기 시작했다. 나는 구워지는 삼겹살 냄새에 온 신경이 마비되면서 미쳐 버리는 줄 알았다. 방금 전까지만 해도 국가정책을 비난하며 산림 훼손이니 파괴니 하며 마음이 찹찹하고 우울해 있었던 내가, 순식간에 군침을 흘리는 짐승이 되어 있었다. 비스듬한 대리석 돌판 모서리 끝으로 삼겹살 기름이 땅바닥에 흘러내리면서, 누르스름하게 바싹 구운 삼겹살이 내 눈앞에 있었다. 나는 당장이라도 달려가고 싶었지만 체면상 군침만 흘리며, 배낭을 메고 앉아서 고기 굽는 곳을 넋 놓고 바라만 보고 있었다.

내 간절함이 닿았던 것일까? 아저씨들이 함께 먹자며 가까이 오라고 손짓했다. 어제 저녁과 오늘 아침을 빵과 우유로만 때웠더니 몹시 배가 고팠는데, 정말 천운이었다. 기름기가 빠지고 야들야들하게 잘 구워진 삼겹살은 지금까지 먹어본 것 중에 최고였다. 태어나서 처음 경험하는 최고의 고기 맛이었다. 게걸스럽게 먹는 내 모습을 보면서 옆에 있던 아저씨가 며칠 굶었냐며 핀잔을 주었지만 다른 아저씨들은 나의 모습에 모두 배꼽을 잡고 웃었다. 나에게 뭐라고 말하는 것 같았는데, 먹는 데 정신이 팔려 아무 소리도 들리지 않았다. 고기가 충분하다는 아저씨의 말에 미친 듯이 먹었던 기억밖에는. 이것은 분명 나의 순례 20일째를 기념해주기 위해 하느님이 나에게 주는 선물이라는 생각이 들었다. 환경 훼손 현장을 고발해야겠다는 투철한 사명감은 온데간데없이 사라져 버렸다.

세상에 공짜가 없다고 하지만, 나는 점점 구걸을 잘하는 방법을 터득하고 있었다. 20일째 순례를 하며 터득한 구걸법은 상대방의 선한 마음을 훔치는 고도의 전략에 있었다. 내가 얼마나 불쌍한 상태인지, 그런 나를 당신이 왜 도와주어야 하는지, 그리고 당신이 나를 도와주면 얼마나 행복할 수 있는지 보여주면 모든 것이 해결됐다. 또 어떤 때는 상황 설명을 많이 해야 할 때도 있었지만, 오늘처럼 간절하고 애절한 눈빛으로 묵언의 신호를 보내야 할 때도 있었다.

마음과 마음이 닿는
친구를 만나다

경북 영양군 남동쪽 끝에 있는 맹동산(792m)에 이르니 이슬비가 내렸다. 며칠 동안의 무리한 행군 탓에 컨디션 조절에 실패한 것 같았다. 놈이 말을 듣지 않더니 결국 얻어맞은 것처럼 아파왔다. 안개에 파묻혀 한 치 앞노 분간하기 힘든 숲길이라 GPS로 내 위치를 확인하지 않는 한 더 이상 길을 찾기는 어려웠다. 내가 가는 길이 어디인지 도저히 분간할 수가 없었다. 설상가상으로 이슬비는 어느새 눈으로 변해 있었다. 4월 중순도 지났는데 영덕군에 이렇게 눈이 온다는 것이 신기했다. 처음엔 진눈깨

비처럼 비와 섞여서 내렸는데 어느새 함박눈이 되더니 폭설로 변해 버렸다. 가야 할 산길이 전혀 보이지 않아 난감해졌다. 그렇지만 나는 무조건 가야 했기에 때 아닌 함박눈과의 사투를 벌여야만 했다. 명동산에서 맹동산까지 초인적인 힘으로 걸어왔다. 그렇게 올라간 맹동산 정상에는 다행히도 눈을 피할 수 있는 산불감시초소가 있었다. 가만히 보니 감시초소에 20대 초반으로 보이는 공익근무요원 한 명이 보였다. 산불감시 근무 중이라 홀로 보초를 서고 있는 것 같았다. 그는 내가 가까이 다가가는 모습을 보면서도 아무 말이 없었다.

"저기요. 제가 좀 그곳으로 올라가도 될까요? 좀 쉬었다 가려는데, 괜찮을까요?"

"아! 예, 올라오세요. 괜찮습니다."

나는 그에게 양해를 구한 뒤, 감시초소로 올라갈 수 있는 10미터가량의 쇠사다리를 올라 한 평 남짓한 초소에 안착했다. 날씨가 좀 괜찮아지기를 기다리며 잠시 쉬어가기로 했다. 감시초소는 4시간이 넘도록 비와 눈과 사투를 벌인 내겐 정말 아늑한 쉼터가 되어주었다. 이 여정을 시작하며 느낀 거지만, 나에게는 날마다 행운과 기적이 축복처럼 찾아왔던 것 같았다.

나와 마주 앉은 공인근무요원은 제대를 4개월 정도 앞둔 말년병이었다. 눈발이 날리는 악천후인데도 왜 산불감시를 하느냐고 물었더니, 아직 하산 명령이 떨어지지 않았다고 했다. 하루 종일 홀로 있으면서 개미 한 마리 보지 못했다고도 덧붙였다. 비와 눈발이 날리는 날, 산불이 날 일은 만무했지만 하산 명령은 떨어지지 않고 있었다. 우리는 작디작은 초소에서 차를 끓여 마셨다. 서로 통성명을 하고 이것저것 물어보니 스물셋, 그는 나와 동갑내기였다. 우리는 누가 먼저랄 것 없이 말을 놓았다.

"반갑다. 이것도 인연인데 우린 이제 친구다. 그래 이름이 뭐냐?"

그는 영덕에서 태어났다고 했고, 우리는 즐거운 대화를 이어갔다. 나는 그에게 '장군의 아들'이라며 치켜세웠더니 그는 나에게 '신의 아들'이란다. 남자들 세계에서는 군대를 안 가면 '신의 아들', 공익근무나 방위인 경우에는 '장군의 아들'이라고 불렀다. 나는 하루 종일 말 한마디 안 하고 지내는 날이 많았던지라 수다스러워졌다. 말을 잃어버린 줄 알았더니 말할 상대가 없었을 뿐, 내가 이렇게 말을 잘했나 싶었다. 그는 병역의무를 마치면 서울로 상경해서 돈도 벌고 여자 친구도 사귀고 싶다고 했다. 시골에서는 농사 말고는 변변한 일거리가 없다고도 했다. 그와 나는 말이 잘 통했다. 삶과 죽음에 대한 것이며, 20대의 고민거리며, 누구에게도 말하지 못하는 아픈 부분들까지 공통된 관심사가 비슷했다. 서로의 입장과 생각을 충분히 이해하고 공감할 수 있었다. 특히 난 그에

고독은 사치였다.

산의 위엄과 변화무쌍한 자연 속에서

살아남은 자에게

고독이란 한낱 망상에 불과했다.

게 진정한 교육이란 무엇인가를 소재로 열변을 토했다.

왜 그랬는지는 모르겠지만 오늘 처음 만난 친구에게 이렇게 느닷없이 내 넋두리를 털어놓을 줄은 꿈에도 몰랐다. 그는 내 눈빛을 마주보면서 내가 생각하는 교육 문제에 대하여 귀 기울여 집중하며 깊이 공감해주고 있었다.

"왜 참된 교육이 우리에게 중요한지 우리 자신에게 물어보는 것은 아주 중요하다고 생각해. 새들과 꽃들과, 무성하게 자라는 나무들과 하늘과 별들과 강과 동해바다와 바람과 구름들, 비와 이슬들, 우리 삶에 펼쳐진 이 무한한 자연의 놀라운 현상들까지 왜 교육은 삶의 전체 과정을 이해할 수 있도록 도와주지 못하는 것일까? 서로 사랑하고 존중하며 살아가기 위해서는 어떤 마음가짐과 삶의 자세를 갖춰야 할까? 언제 어디서나 행복할 수 있는 방법은 왜 가르쳐주지 않는 걸까? 우리들은 삶의 의미와 진정한 가치를 못 배우고 인생을 살아가게 되는 건 아닐까?"

그런 이야기를 하던 중에 나의 몸이 무언기에 감전된 듯했다. 온 마음을 다해 낮은 자세로 경청하는 그의 모습에 진율이 휩싸였던 것 같았다. 세상에서 가장 빛나는 눈빛으로 나를 바라봐주고 있는 사람이 내 앞에 있음에 감사했다. 모는 것을 받아들이고 감싸 안아주는 사랑, 그는 나에게 아무런 말도 하지 않고 듣기만 했지만, 그의 눈빛과 몸짓 하나 하나에 깃든 마음이 내 가슴 깊숙한 곳까지 전달되었다. 이런 감정은 처음 느껴보는 것이라서 좀 어색하긴 했지만, 벅차오르는 감정 때문에 더 이상 말을 이어갈 수 없었다. 그와 나, 우리는 함께 침묵의 강을 건너며 신비한 경험을 하고 있었다. 나의 울분과 한탄은 환희와 기쁨으로 넘쳐나기 시작했고, 내 이야기에 온전히 귀 기울여 들어주던 지혜로운 사람만이 보이기 시작했다. 나는 어느새 온순해진 한 마리 양처럼 원초적이고 때 묻지 않은 순수한 의식상태로 돌아가고 있었다. 그는 언어를 넘어 문제의 본질을 꿰뚫는 능력이 있었고, 지혜로움이 체내화되어 이미 깨달음의 경지에 있는 사람 같았다. 신비로운 체험이 진행되며, 다음 단계로 넘어가려던 찰나 무전으로 하산 명령이 떨어졌다. 두 시였다. 그는 차분히 짐을 정리한 후 잠시 멈춰 서서 강력하면서도 짧은 포옹으로 나에게 따뜻한 온기를 불어넣어주었다.

"오늘 얘기 잘 들었어. 나도 같은 생각이야. 너를 만나건 행운이었다. 잊지 못할 거야. 오늘의 이 순간을, 기억할게. 넌 정말 멋진 친구야. 존경스럽고. 순례 무사히 마무리하고 연락해. 인연 닿으면 또 만나자. 그럼 안녕."

그는 근무 매뉴얼에 따른 몇 가지 체크 사항을 무전기로 교신하더니, 산불감시초소의 쇠사다리를 타고 내려갔다. 나는 약간 멍한 상태로 아무 말도 못하고, 내려가는 그의 모습만 보고 있었다.

아쉬움이 남아서 마지못해 '잘 가' 라는 인사를 던지긴 했지만, 워낙 목소리가 작게 나오는 바람에 허공에 묻힌 듯했다. 그는 영덕으로 내려가는 숲길로 사라지기 전, 뒤를 돌아보며 나에게 말했다.

"성정아! 넌 충분히 멋진 사람이야. 너 자신을 사랑해봐."

순식간에 벌어진 일이었기에 그저 손을 흔들어 보이며 멍하니 뒤돌아가는 그의 모습만 지켜보았다. 짧고 강렬한 순간이었다. 잠깐 스쳐 지나는 인연인 줄 알았는데, 서로의 마음과 마음이 연결되어 세상에 둘도 없는 친구가 된 것 같았다. 숲길로 사라진 그를 보내고 나는 다시 홀로 남겨졌다. 산불감시초소 모퉁이에는 빵과 라면, 육포와 과자 등이 비닐봉투에 담겨져 있었다. 그가 나에게 말하지도 않고 슬그머니 먹을 것을 남기고 간 것이었다. 나는 다시 혼자가 되었지만, 혼자라는 생각이 들지 않는 묘한 기분마저 들었다. 그 친구가 좀 더 오래도록 머물다 갔으면 하는 아쉬움을 달래야만 했다. 그가 떠나고 나서도 그의 말이 메아리가 되어 들리는 듯했다. 나는 그의 말을 머릿속으로 되뇌었다.

'성정아! 너 자신을 사랑해봐. 너 자신을 사랑해봐. 너 자신을 사랑해봐.'

사신과 별똥별

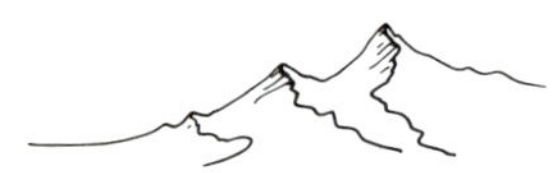

산불감시초소는 최고의 숙박 장소였다. 지면으로부터 7~8미터 높은 곳에 있어서 산짐승이나 뱀 같은 파충류, 벌레나 개미에게서 안전할 수 있었다. 좁은 공간이라 몸을 대각선으로 눕히면 머리부터 발끝까지 딱 맞아서 자는 데도 어려움이 없었다. 그리고 사방이 창문으로 되어 있어 바람을 막아주면서도 주변 전경을 모두 둘러볼 수 있었다. 그렇게 나는 초소에서 잠이 들었고, 꿈속에서도 동갑 친구를 만날 수 있어 행복했다. 눈을 떠보니 어느새 황홀한 여명의 빛깔들이 초소 창문에 스며들고 있었다. 벌써 오전 5시였다.

울치재로 가는 산길 위에는 햇살을 받아 빛나는 아침 이슬이 나를 반겨주고 있었다. 이제 햇볕이 강해지면 곧 사라질 이슬이었지만, 길섶 풀잎에 맺힌 이슬들은 길을 재촉하는 내 신발 속에 스며들어 어느새 하나가 되었다.

정오 무렵, 독경산(514m) 정상으로 가는 길목에서야 비로소 햇빛이 들기 시작했다. 독경산 정상에 도착한 나는 평온한 한낮의 따스함을 온몸으로 느끼고 있었다. 일요일이라서 그런지 사람들이 많이 올라오고 있었고, 그곳에서 나는 부산 동래고등학교 동창회팀 여섯 명을 만나게 되었다. 그들은 낙동정맥을 주말마다 걷는다고 했다. 그들이 점심을 먹기 위해 펼쳐놓은 돗자리 위에는 광어회, 우럭회 등 다양한 음식들이 놓여 있었다. 주말에 만나 산에 오면 그들만의 파티를 하는 것 같았다. 나에게 어디로 가는 길이냐고 물었고, 낙동정맥을 22일째 걷고 있다고 대답하니 그들의 얼굴에는 놀라움이 가득했다.

"와, 젊은 친구가 대단하네! 이리 와 앉아요. 정말 대단한 젊은이네."

그들은 일종의 경외감과 존경심을 나에게 보였다. 이런 반응은 순례기간 내내 겪어왔기 때문에 놀랄 만한 일은 아니었다. 언제부터인가 산에서 만나는 사람들에게 '백두대간 단독 등반'을 한다고 말하면 선망의 대상이 되었고 도와주어야 할 대상이 된다는 걸 알게 되었다. '백두대간 단독 등반'은 아무나 쉽게 할 수 있는 것이 아니었기 때문에, 산에서 만나는 사람들에게 내가 백두대간을 순례하는 걸 알리는 순간, 대우는 달라졌다. 물론 다 그런 건 아니라서 부산에서부터 여기까지 어떻게 걸어왔는지, 진심을 다해 말해야 도움을 받을 수 있는 경우도 있었다. 동량의 정도와 수위에 따라 나의 이야기들은 어느 정도 과장될 때도 있었다. 하지만 산에서 만나는 대부분의 사람들은 굳이 애써 설명하지 않아도 나에게 많은 정과 친절을 베풀었다. 정상에서 만난 이 동창회 산악모임도 다르지 않았고, 나에게 선뜻 그들의 자리를 내어주었다. 그들은 얼큰히 취한 채 산에서 내려갔다. 나도 몇 잔 얻어 마신 덕분에 취기가 살짝 올라왔다. 오늘은 계획표대로 이곳에서 하룻밤 묵어갈 수 있어 마음이 편했다.

순례 23일째 ⋯ 독경산 정상 · 별똥별과 마주하다

    독경산 정상에도 산불감시초소가 있었다. 산불감시초소는 대부분 산 정상 한 가운데에 설치하는데, 대부분 360도로 전체 조망이 잘 되는 곳이며, 5~10미터 높이의 철탑을 세워 그 위에 초소를 만들었다. 쇠사다리를 타고 올라가서 감시초소의 바닥 문을 열면 안으로 들어갈 수 있는 구조라 들어가면 다시 바

닥 문을 닫아야 했다. 배낭을 메고 올라가서 문을 닫고 짐을 풀었다. 두 평 남짓한 공간의 초소에서 바깥의 풍경이 한눈에 들어왔다. 알루미늄 프레임의 창문도 여닫을 수 있도록 되어 있었다. 어제보다 더 깔끔하고 튼튼한, 내게는 호텔의 그 어느 룸보다도 더 안락한 숙소였다.

저녁 6시 30분쯤 되자 조금씩 어둠이 몰려오는 것 같았다. 조금 전까지만 해도 사람들이 있었던 이곳엔 어느덧 바람이 주인이 되어 있었다. 뜨고 지는 해와 달 그리고 별들만 가득 들어찬 이곳, 천상의 누각에서 맞이하는 이 밤이 너무 아름다웠고 기뻤다. 갑자기 이곳의 아름다운 풍경 때문에 눈물이 나올 것만 같았다. 혼자였기에 더 그런 것 같아 적막감을 깨우기 위해 라디오를 켰다. 마침 라디오에서는 조지 윈스턴의 연주곡 '디셈버December'가 흘러나왔다. 우연의 일치처럼 지금 내 기분과 이 분위기와 정말 잘 어울렸다. 아름다운 피아노 선율에 물아일체가 되더니 몸과 마음의 긴장이 풀어졌다. 죽음도 두려워하시 않는 자의 심정이 이런 느낌이었을까. 문득 죽음에 대한 생각이 엄습하며 나를 휘감기 시작했다. 창밖으로는 살며시 포개어지는 구름들 사이로 붉은 광명의 빛줄기들이 세상을 비춰주고 있었다. 마치 살아갈 힘을 나시 불어넣어 주듯이.

삶과 죽음은 거짓이라네. 일말의 착각이라네.

자네도 빛이며 모두가 빛이라네. 육체에 집착하지 말게나.

육체는 영원한 생명으로 가는 길목에서 걸림돌이 될 수 있으니 조심하게나. 무엇을 두려워하는가.

그냥 죽어 버려! 죽어야 사는 것이네. 그것이 거듭나는 길일세.

죽지 않고 살 수 있다고 생각하는가. 생명의 원리는 그런 것이 아니라네. 빛과 빛은 분리될 수 없는 것이지 않는가. 결코 죽는 것이 아니라네. 자네의 부활을 보장하겠네. 어서 오시게나. 뛰어 내리시게. 기다리고 있지 않은가.

죽음의 사신이 나를 유혹하며 죽음의 그림자를 드리우고 있는 듯했다. 속죄하듯 참회의 울음이 터져 나온 건 그때였다. 나는 소리 내어 울기 시작했다. 왜 그랬는지는 모르겠지만, 낮에 마셨던 술기운 탓만은 아니었다. 아무도 없는 깊은 산중에 홀로 버려진 어린아이처럼 울었다. 고통 때문에 흘리는 눈물도 아니었다. 마음이 슬퍼서도 아니었다. 왜 울고 있는지는 몰랐지만, 산불감시초소 바닥을 치며 한참을 울었다. 나는 어디서 와서 어디로 돌아가는 걸까. 울음을 참으려고 올려다 본 하늘 위에서 별똥별의 긴 꼬리가 반짝 포물선을 그리며 떨어졌다. 밤하늘에 간혹 나타났다 사라지는 별똥별, 궤도를 이탈하고 영원히 사라져 버린 별들의 이야기. 생애에 단 한 번의 기회, 단 한 번의 시도로 궤도를 이탈한 별은 그 찰나에 잠깐 반짝이고 허무하게 사라져 버린다. 우리도 두 번 다시 되돌릴 수 없는 운명의 저 별똥별처럼 잠시 나타났다 사라지는 존재이지 않을까? 궤도를 이탈한 별이, 우주의 한 귀퉁이에 생채기를 내며 소멸한다는 얘기가 내겐 너무 드라마틱하고 위대해보였다. 별똥별처럼 죽음을 두려워하지 않으며 궤도를 이탈할 수 있는 용기, 그 용기가 내게 필요했다. 그리고 저 밤하늘을 가로지르며 지나가는 초승달의 자전까지. 변화무쌍하고 예측 불가능한 밤의 무대는 위대한 탄생을 준비하고 있었다. 또다시 밤의 포효가 시작되어 동해에서 날뛰며 달려오는 저 샛바람이 회오리쳐 허공 중에 흩어졌다. 별과 초승달과 바람은 밤하늘을 수놓으며 오늘도 어김없이 나의 친구가 되어주었다.

다시 걷는다

순례 24일째 ··· 백암산 · 담배를 향한 절실함

　　　　나는 그렇게 밤하늘에 쏟아지는 별똥별을 새며 새벽녘까지 잠들지 못했다. 아무도 없는 이곳 초소에서 별들과 교감을 나누었지만, 이내 창틈과 바닥 사이로 들어오는 추위와 싸워야 했다. 한참을 뒤척이다가 겨우 잠이 들었지만, 결국 너무 추워서 자리를 털고 일어나 가스버너를 피우며 날이 밝아오기를 기다렸다. 지독한 밤이 지나가자 어김없이 날은 밝아왔다. 독경산에는 이미 동해의 운평선이 짙게 드리워져 있었다. 그 운평선에서부터 태양이 서서히 올라오니 마치 산신령이라도 나타날 분위기였다.

　　오늘도 부지런히 움직여야 했다. 독경산을 기준으로 어제까지

2차 구간은 끝났고 오늘부터 3차 구간의 시작이었다. 총 5차 구간으로 세운 순례길은 이제 40퍼센트 정도 도달했다. 어젯밤에 많은 걸 쏟아낸 탓일까 뭔가 나를 다시 잡을 수 있는 마음이 들었다. 그래, 이제 다시 시작하자. 다시 걸을 수 있는 의지가 타올랐다. 처음의 마음으로.

경북 울진군 온정면과 영양군 수비면 경계에 있는 백암산(1,004m)에 도착했는데, 갑자기 담배가 피우고 싶어졌다. 아무래도 부산에서부터 시작한 순례길이 20여 일이 지나고 보니 단조로움에서 벗어나고 싶었다. 걷다 보면 무념무상의 상태로 마치 걷는 로봇이라도 된 듯해 가끔 여정에서의 일탈을 꿈꾸곤 했다. 오늘은 담배를 피우고 싶은 생각이 간절해 안 피우면 미칠 것만 같았다. 걸으면서도 담배를 구할 방법만 생각했다. 이 깊은 산속 어디에서 담배를 구할 수 있을까. 나는 여러 가지 궁리 끝에 한 가지 묘안을 떠올렸다. 지도에서 길을 유심히 살피다가 장파천으로 떨어지기 전에 만날 수 있는 917번 국도를 확인했고, 3시간을 열심히 917번 국도를 향해 가면 담배꽁초라도 구할 수 있을 것 같다는 이상한 기대가 몰려왔다. 나는 배낭을 메고 달리기 시작했다. 혼자서 게임하듯 목표를 향해 빠른 걸음으로 신나게 걸어 나갔다. 무언가 목표를 향해 간다는 것은 그 목표가 무엇이든 기쁨을 주는 것 같았다. 매일같이 혼자서 걷던 순례의 단순함에서 벗어날 수 있는 재미난 게임처럼 느껴졌다. 쉬지 않고 3시간을 달린 끝에 우리나라에서도 가장 오지로 손꼽히는 경북 영양군 수비면 장파계곡 917번 국도에 도착할 수 있었다. 2차선 아스팔트 도로였기 때문에 아무래도 담배꽁초를 구할 확률이 더 높을 것 같다는 판단이 섰다. 두 눈을 부릅뜨고 길가에 버려진 담배꽁초를 찾기 시작했다. 돌멩이 사이를 들춰보기도 하며 마치 무엇에 홀린 사람처럼 도로 주변 구석구석을 뒤졌다. 한참을 수색한 후에야 비로소 꽁초 4개를 수집할 수 있었고, 감격의 눈물까지 흘렸다. 절실하면 이루어지는 법이라 하지 않았던가. 순례 중에 처음 피우는 담배였다. 꽁초를 코에 가까이 가져가 보았더니 매캐하고 역겨운 냄새 때문에 구역질이 올라왔다. 담배 피우는 사람들이 정말 대단해보였다. 어떤 꽁초는 젖었다 마르기를 반복하면서 수많은 밤낮을 견뎌낸 것이었고, 어떤 꽁초는 차바퀴에 여러 차례 짓눌려 옆구리가 터진 것 같았다. 대부분 두세 모금 빨면 필터에 닿을 정도의 양이었다. 그래도 나는 4개의 꽁초를 손 안에 소중히 들고, 차례차례 정성들여 불을 붙였다. 담배를 구할 방법이 전혀 없던 나에겐 이 꽁초조차 감지덕지였다. 숨을 크게 한번 몰아쉬며 폐 깊숙이 들이마실 때마다 담배꽁초는 역겨운 연기를 내뿜으며 타올랐다. 나는 천천히 깊게 호흡하면서 배꼽 아래까지 담배 연기를 밀어 넣었다. 담배가 목구멍으로 넘어가니 갑자기 눈물이 핑 돌았다. 다 피우기도 전에 머리가 어질어질했다. 마치 시공간이 사라지고 모든 만물이 멈춰 선 것 같았다. 술에 취한 사람처럼 담배를 피운 후 도로가에 벌러덩 드러누워 하늘을 쳐다보았다. 나뭇가지 사이로 드러난 햇살이 제법 따뜻했다. 담배를 피우고 나니 긴장이 풀어지고 갑자기 나른함이 몰려왔다. 차츰 어질어질한 상태가 멎고 정신이 돌아왔을 때 부끄러움도 함께 밀려들었다. 고작 담배 하나 때문에 시작된 나의 행동이 웃기고도 슬펐다. 하지만 이 위선적이고 이율배반적인 행동 또한 내 모습이었다.

순례 25일째 ··· 울진 영양군 오지 · 굶주린 까마귀

날이 밝아 오니 숲속에서는 산까마귀가 울고 있었다. 여느 때와는 달리 여러 마리의 까마귀들이 텐트 주변 가까이 내려와 앉아 있었다. 내가 그들의 영역에 침범한 것일까, 아니면 텐트 수변에 맛있는 먹잇감이라도 찾아낸 깃일까. 까마귀들의 울음소리가 점점 가깝게 들리는 듯해 텐트를 살짝 열어봤너니, 약 3미터 앞에서 까마귀 두 마리가 나를 바라보고 있었다. 서로 눈이 마주친 순간 까마귀들은 총총 걸음으로 나뭇잎을 밟으며 나에게 더 가까이 다가오려 했다. 대여섯 마리의 까마귀가 주변 나뭇가지에 앉아 망을 보고 있었고, 그중 가장 큰 까마귀 한마리가 갑자

고독 대신 나는 비와 바람의 친구가 되었고,

달과 별, 산새들과 벌레들의 친구가 되어,

자연 속에서 하나가 되었다.

더는 고독으로 아프지 않을 자신이 있었다.

기 하늘로 날아오르더니 1미터 가량의 넓은 날개를 펴고 까옥거리며 배회하기 시작했다. 하늘에서 수차례 원을 그리며 지원요청을 하는 것 같더니 이내 다시 내려와 앉았다. 이곳은 우리나라에서도 오지로 유명한 울진 영양군의 깊은 산속이었고, 나는 혼자였다. 까마귀 떼의 공격에서 어떻게든 벗어나야만 했다. 그때 내 머릿속에서 왜 그런 생각이 떠올랐는지 모르겠지만, 몽골의 장례법인 풍장風葬이 떠오르면서 몸을 부르르 떨었다. 이른바 몽골의 장례법으로 시신을 까마귀밥이 되도록 노출시키는 풍습이었다. 그렇지만 난 포기할 수 없었다. 어떻게든 이곳을 벗어나야 했다. 문득 좋은 아이디어가 떠올랐고, 나의 금쪽같은 식량이 아까웠지만, 어쩔 수 없이 라면 부스러기를 주먹에 쥐고 텐트 밖에 흩뿌렸다. 아니나 다를까 까마귀 떼가 몰려들었다. 나는 굶주린 까마귀들의 배를 불려주기 위해 마지막 남은 식량봉투에서 라면 부스러기를 모두 털어 나눠줄 수밖에 없었다.

순례 26일째 ··· 나와 닮은 시지포스의 운명

　　　　　　오늘 가야 할 여정은 지도정치하기가 어려운 구간이었다. 고도가 낮은 구릉지대에서 낮은 산줄기들이 여러 갈래로 뻗쳐 나가고 있어서 어디가 낙동정맥 마루금인지 분간하기 어려

었다. 지도상에서 나의 위치가 정확히 확인될 때까지는 침착하게 행동했음에도 여러 차례 길을 잃고 깊은 산중을 헤매다 지쳐 버렸다. 무엇 때문에 이 무모하고 부질없는 여정을 하고 있는 것인지에 대한 의문이 올라왔다. 갑자기 포기하고 싶은 마음이 간절해졌다. 26일간 걸어온 이 길, 나는 왜 이 산길을 걷고 있는 것일까. 그 끝 모를 의문의 구덩이로 내 의식이 빨려 들어가고 있었다. 모든 것이 알 수 없는 일이었다. 길을 잃고 나니 눈물이 났다. 인생을 다시 시작해보고 싶어서 걸어온 이 길, 새롭게 태어나기 위해 떠나온 이 길에서 나는 도대체 무엇을 찾고 무엇을 위해 여기 있는 것일까?

　나는 시지포스의 운명이 떠올랐다. 그리스 신화 속 시지포스는 신에 맞서 불굴의 의지를 태웠다. 인간의 신분으로 신의 영역을 넘보다가 제우스로부터 언덕 위에 바윗돌을 올리는 형벌을 받게 되었다. 그 형벌은 결코 끝나지 않는 것으로 언덕 위에 바위를 올려놓는 순간 굴러 내려가 다시 원점이 되었다. 시지포스는 언덕 위에서 다시 굴러 떨어질 것을 알면서도 바위를 굴려야만 하는, 헤아릴 길 없는 고통의 시간을 감내해야만 했다. 하지만 근성과 배짱의 시지포스는 자신의 노력이 아무런 희망도 안겨줄 수 없음을 알면서도 그 형벌을 받아들이고 성실히 수행했다. 시지포스는 자신에게 주어진 형벌의 고통마저도 삶의 과정으로 여기며 기쁘게 받아들였던 것이 아닐까. 신의 응징을 기꺼이 받아들이고 묵묵히 주어진 의무를 수행했던 시지포스의 인간적 투쟁이 떠올랐다. 나도 마치 시지포스처럼 신의 형벌을 받고 있는 것은 아닐까.

순례 27일째 ··· 순례에서 만나 사람들을 생각하며

회의감이 몰려오며 여정을 중단할 것인지 말 것인지 마음의 갈피를 못 잡았다. 계획 일정과는 상관없이 내 마음대로 여유 있게 순례하고 싶은 생각마저 들었다. 날마다 평균 20킬로미터의 산길을 걷는 일정이라서 너무 힘에 부치기도 했다. 나는 울주군 온양읍 발리면 휴식소 의자에 앉아 한참을 서성거렸다. 휴식소 주변을 둘러보니 족히 300년 이상은 되어 보이는 나무들이 즐비했다. 한 그루의 나무에 깃든 새만 해도 500마리는 넘을 듯싶었다. 놀라운 광경이었다. 새벽부터 새들이 지저귀는 소리가 너무 우렁차 귀까지 먹먹해졌나. 가만히 앉아 새소리에 정신을 빼앗기고 났더니 순례에 대한 고민이 사라져 버렸다. '포기할 수는 없다'라는 생각이 마음 깊숙한 곳에서 올라왔다. 그래 다시 걷자. 포기하고 싶을 때에는 함께했던 사람들을 생각하자며 마음을 되잡았다. 이번 순례를 위해 지금까지 나를 밀어주고 이끌어준 사람들이 얼마나 많았는지 생각했다. 순례 첫날 부산 백양산에서 만났던 도인 아저씨, 영남알프스에서 샤워할 수 있게 도와주고 기꺼이 쌀을 내주었던 매점 아저씨, 운문령 천막휴게소에서 만난 주인아저씨와 아주머니, 창성식당 아주머니, 명동산 산불감시초소 공익근무요원 동갑 친구, 독경산 정상에서 만난 동래고 동창회 아저씨들 그리고 송전탑 인부들. 그들은 자신의 것을 아낌없이 내어주며 나를 도왔다. 순례 중에 만났던 이 모든 인연들을 떠올리다 보니 혼자 걷고 있지만 혼자가 아닌 것 같았다. 그렇다. 내가 순례하는 것이 아니라, 나를 통해 순례의 목적이 드러나는 것이며 삶의 길이 열리는 것임을 다시 깨달았다. 마치 우주가 나를 통해 스스로 실현해야 할 목적이 드러나도록 조종하고 있는 것 같았다.

순례 28일째 ⋯ 통고산을 향해 · 개미와의 전쟁

침낭 속에 들어가 라디오를 듣다 보니 어깨가 가려웠다. 손으로 가려운 곳을 긁었더니 개미였다. 화들짝 놀라 일어나서 주변을 살펴보니 개미 떼들이 텐트 안에서 진을 치고 있었다. 무엇이 문제였을까? 텐트 안에 참치캔 뚜껑을 뒤집어 놓고 촛대로 사용한 것이 화근이었을까? 헤드랜턴을 켜고 살펴보니 참치캔 뚜껑 주위로 모여든 수백 마리는 족히 될 것 같은 개미 떼가 보였다. 이미 참치캔은 개미로 득실거렸다. 일단 참치캔을 밖으로 던져 버리고 텐트 바닥을 쓸어냈지만, 개미들은 계속 나타났다. 아직 밤이라 텐트를 옮길 수도 없는 노릇, 어쩔 수 없이 개미들과 하룻밤을 보내기로 했다. 그렇지만 개미는 아직 잠자리에 들 생각이 없는지 계속 텐트 안을 휘젓고 다녔고 심지어 내 몸과 얼굴까지 점령했다. 잠은 오지 않고, 정말이지 술 한 잔이 간절한 밤이었다.

이런저런 생각 중, 김종삼 시인의 '방대한 공해 속을 걷자. 술 없는 황야를 다시 걷자'라는 시구가 떠올랐다. 시 제목은 〈걷자〉인데, 계속 시구를 곱씹으며 의미를 생각했다. 맑은 공기를 마시며 걷는 것도 아니고 공해 속을 걷자니, 그것도 술도 없이? 시인은 이 시를 통해 무엇을 말하고 싶었던 것일까. 아마도 불가피하고 부조리한 이 세상에서 꿋꿋하고 떳떳하게 살아가자는 메세지를 담고 싶었던 것 같았다. 삭막하고 황량한 인생을 살아가면서도 희망과 불굴의 의지를 내려놓지 말자고 스스로 다독이는 것 같았다. 그래, 나도 방대한 공해 속을 걷는 심정으로 포기하지 말고 술 없이도 황야를 다시 걸어야겠나는 나짐을 했다.

937봉으로 가는 능선에서 광대하게 펼쳐진 산줄기늘을 내려다보니 아침부터 걸어왔던 884봉과 842봉이 한 눈에 들어왔다. 오늘도 하루 종일 걸어서 저녁 6시 30분이 되어서야 937봉에 도착했다. 일정대로라면 울진군에 있는 통고산(1,067m)까지 가야 했지만 다리에 힘이 풀려 도저히 갈수가 없었다.

사라진 마을

순례 29일째 ··· 승부터 마을 · 자연과 하나가 되는 순간

　　수북하게 쌓인 낙엽더미를 헤치며 산비탈을 내려가다가 잠시 멈췄다. 지도에서 내 위치를 파악하고 있던 순간, 내 발밑에서 움직임이 보였다. 너무 놀라 살펴보니 장지뱀(도마뱀)이었다. 낙엽 속에서 휴식을 취하던 장지뱀을 내가 밟은 모양이었다. 장지뱀은 아무래도 나 때문에 죽음을 맞이할 것만 같았다. 정말 미안한 마음이 컸다. '장지뱀아! 정말 미안해. 이번 생은 여기까지지만 너를 위해 기도해줄게.' 나는 장지뱀을 지켜보며 진심을 다해 기도했고, 슬그머니 낙엽을 덮어주고 다시 길을 떠났다.

　　새벽부터 열심히 걸어서 오지 중의 오지로 알려진 울진군 서면의 통고산 정상에 도착했다. 한낮의 무더위로 인한 여정의 부담을 덜 수 있는 좋은 방법은 새벽부터 여정을 시작하는 데 있었다. 하루 중 최고의 컨디션은 바로 잠을 자고 일어난 아침이었다, 오전 중에 그날의 일정 중 70퍼센트를 마칠 수 있으면 오후 일정이 좀 편안해졌다. 정상에는 헬기장과 산불감시초소가 있었다. 360도 사방으로 훤히 뚫린 한 폭의 산수화, 더 이상 형용할 수 없는 자연 그대로의 그림이 펼쳐져 있었다. 대자연이 낳은 위대한 예술작품을 마주할 때면 언제나 힘이 솟았다. '그래, 이 맛에 순례를 하는 것이지. 포기하지 말고 끝까지 가보자.' 순례에 대한 절망감이 찾아올 때마다 이 예술작품이 나를 다시 걷게 했다. 산에 오른 자만이 누릴 수 있는 일종의 보상이었다.

산 정상의 산불감시초소를 만나 그냥 지나칠 수 없어 잠시 들어갔더니 초소 안에는 이불과 버너 등이 지저분하게 펼쳐져 있었다. 누군가가 이미 이곳에서 묵었던 것인지, 아니면 산불 감시요원이었을지 짐작만 했다. 초소 한쪽 귀퉁이에는 과자며 초콜릿들이 처박혀 있었다. 출발하기 전에 인스턴트 호박죽과 미숫가루 한 잔만 마셨던 터라 배가 너무 고팠다. 이 소중한 음식을 남기고 간 이에게 감사를 전하며 먹을 것들을 가지고 나와 헬기장 벤치에 앉아 며칠은 굶은 사람처럼 허겁지겁 뱃속에 밀어 넣기 시작했다.

그렇게 에너지를 보충한 후, 쉬엄쉬엄 한나무재를 넘어 봉우리로 올라가 승부터 마을을 내려다보았다. 25,000:1 지도를 보니 탄광기호와 함께 여러 채의 집들이 그려져 있는 것을 확인하고는 식수도 보충해야 했기에 그 마을로 발걸음을 옮겼다. 산길도 없는 곳을 헤쳐 계곡으로 길을 만들어 내려갔더니 작은 둑을 쌓은 저수지가 보였다. 그런데 지도상에는 분명 있었던 마을인데, 아무리 둘러보아도 보이질 않았다. 분명 지도상에서는 내가 서 있는 이곳이 마을이어야 했다. 승부터 마을이 사라진 것일까? 계곡을 따라 더 내려갔더니 몇 채의 집들이 보였지만 인기척이 없었고, 사람이 살고 있는 흔적과 기운이 느껴지지 않았다. 남겨진 집에는 거미줄이 가득했고, 담벼락과 지붕 등이 무너져 내린 곳도 있었다. 사람들도 보이지 않았고, 온갖 집기와 망가진 가전제품들만이 집을 지키고 있었다. 마치 한바탕 전쟁이 휘몰아친 것처럼 느껴졌다. 마을 어귀에 있는 몇 채의 공장도 마을의 집과 다르지 않게 지붕이 무너져 있었고, 몇 년간 쓰지 않은 듯 방치되고 녹슬어 있는 지게차와 공장 안쪽의 기계들도 그대로 방치되어 녹슬어 가고 있었다.

승부터 계곡에 터를 잡고 살던 마을 사람들은 모두 어디로 갔을까? 마을 사람 전체가 타임머신을 타고 다른 세계로 이동한 것일까? 알 수 없는 적막감이 감도는 승부터 마을은 온 세상이 멈추어 선 듯 풀벌레나 새들조차도 찾아와 울지 않는 이상한 정적에 휩싸여 있었다. 마을을 돌아본 뒤 승부터 저수지에서 야영을 하기로 했다. 저수지 물결조차도 승부터 마을처럼 숨죽이고 있는 듯 잔잔했고, 간혹 멀리서 울리는 뻐꾸기 소리만이 메아리로 들려왔다.

하루 종일 무더위와 씨름한 나를 위로하기 위해 승부터 저수지에 몸을 담갔더니 잔잔한 파문이 산그림자와 함께 출렁거렸다. 그렇게 나는 지구상에 홀로 살아남은 사람처럼 몸의 자유와 해방감을 만끽하고 있었다. 아무도 없는 마을을 앞에 두고 이곳에서 야영을 하려니 이상한 마음도 들었다. 얼마나 시간이 흘렀을까. 혼자 수영을 즐기다 보니 제법 찬 기운이 몸 안을 파고들어 몸이 부르르 떨렸다. 서둘러 계곡에서 나와 새 옷으로 갈아입은 후 텐트를 설치하고 밥을 지었다. 그리고 허리를 펴고 앉아 평온한 밤의 낭만을 홀로 맞이했다. 어둠이 내리기도 전에 반달은 높게 떠오르고 있었고, 산들바람이 잔잔한 저수지의 수면 위로 불어오면서 물에 비친 달의 파문은 금빛 비늘로 펴져나갔다. 아름다운, 너무나도 아름다워 이 세상에 존재하는 그 어떤 언어로도 表現할 방법이 없었다. 갑자기 수면 위에 비친 달을 건져 올리고 싶은 충동이 일어났다. 저수지 가까이로 다가가 물 위에 비친 반달을 손으로 떠올리자마자 내 손에서 산산이 흩어지는 물방울늘이 서수지에 황금빛 파문을 일으키며 다시 출렁거렸다. 산영山影에 비친 달을 한껏 내 속으로 집어넣었다. 하늘에서 천사가 내려올 것만 같은, 승부터 계곡에 진동하는 이 미묘한 기운에 매료되면서 어느새 시간도 공간도 사라져 버렸다. '나'란 존재조차 사라지고, 자연과 하나 된 그것만이 존재했다. 산을 너무도 사랑한 한 청년의 간절함에 대한 응답처럼 자연과 하나되었음이 느껴졌다. 산에 있으면 아무것도 두렵지 않았고, 외로움도 이겨 낼 수 있었다. 생명에 대한 존엄과 경외심을 키워주는 산, 그런 산과 함께한다는 것이 얼마나 소중한 것인지 다시금 느낄 수 있었다. 산은 내게 전부였다.

순례 30일째 ··· 토산령 산죽밭 · 위기

울창한 숲에서 들리는 새소리에 눈을 떴다. 그 울림은 실안개에 뒤덮인 채 새벽 숲을 한 바퀴 돌아오는 메아리였다. 나의 마음을 움직인 새의 정체는 휘파람새였다. 자신이 어디 있음을 알려주는 듯, 나를 부르는 듯한 소리로 나를 매료시켰다. 이보다 더 아름다운 음악이 있을까. 반복해서 들려주는 휘파람새의 소리에 귀를 열고 감상에 젖어들었다. 마치 시간이 멈춰선 것 같은 경이로운 순간이었다.

그동안 너무 강행군을 한 탓인지 온몸이 뻐근하고 아파왔다. 어제 13시간이나 걸었으니 그럴 수밖에. 계속된 여정으로 이미 체력은 고갈된 것 같았다. 특히 이번 3차 구간 계획은 1, 2차 때와는 다르게 하루 평균 20킬로미터 정도를 운행해야 했기에 부지런히 가야 했다. 한낮의 무더위를 피하기 위해 새벽부터 무리하게 걸었던 것이 잘못된 것이었는지 몸이 무겁고 말을 듣지 않았다. 1136봉을 넘어 1119봉으로 가는 중에 여러 번 길을 잘못 들었던 것도 한몫했다. 울진 구간은 독도가 어려운 오지였기 때문에 긴장해야 하는 구간이기도 했다. 게다가 준비했던 식량이 얼마 남지 않아 며칠 전부터 굶다시피 하다 보니 힘이 더욱 부쳤다. 점심도 거르면서 울진 소나무 군락 산림지대도 통과해 몇 개의 봉우리를 넘어 낙동정맥의 최고봉인 백병산(1,259m)까지 쉼 없이 걸었다. 걷는 데 열중하다 행동식으로 열량 보충하는 것도 잊었더니 너무 허기가 져서 현기증이 올라왔다. 눈앞이 핑 돌았고 쓰러질 것만 같았다. 이렇게 장기 산행을 할 경우에는 먹는 양만큼 걸을 수 있어 많이 먹어주어야 했다. 어느새 한 발자국 옮기는 것조차 힘이 들어 정신이 혼미해졌다. 마지막 남아 있는 힘으로 사력을 다해 나아갔지만, 결국 나는 석개재에 도착하자마자 고꾸라지듯 '픽' 쓰러지고 말았다. 그동안 버텨왔던 체력이 모두 소진해서 꼼짝할 수 없었다. 현기증을 동반한 두통이 나를 짓누르더니 이내 몸이 경직되었다. 눈만 멀뚱거리며 움직일 수조차 없어 쓰러진 상태로 그대로 있었다. 식량이 없어 인스턴트 호박죽 한 잔만 타서 마시고 출발한 것이 원인인 것 같았다. 내일 통리역에 도착해 지원조를 만나기로 했기 때문에 4차 구간의 일주일 치 식료품을 조달받을 수 있었다. 어떻게 해서든 그때까지 버텨야 했다. 하지만 나는 그대로 풀숲에 주저앉아 잠이 들고 말았다. 꿈속에서 나는 승부터 계곡으로 가고 있었다. 아무것도 모르고 우연히 찾아 들어간, 이방인의 시선을 머뭇거리게 했던 승부터 계곡의 거대한 침묵. 사람들은 떠나고 새들의 지저귐이 가득했던 곳. 꿈속에서조차 생생히 떠오르는 승부터 계곡의 기억들이 조각처럼 이어졌다.

그때였다. 누군가가 날 깨우며 일어나라고 했다. 이 깊은 산속 석개재까지 사람들이 올라온 걸까. 며칠째 사람을 만나지 못해서 말 한마디 하지 않고 걷기만 했는데, 드디어 사람을 만나게 되다니. 그런데 분명 누군가 날 부르는 것 같았는데 아무리 주변을 둘러봐도 사람은 보이질 않았다. 아하, 빗방울이었다. 잠든 내 얼굴을 두드리던 것은. 하늘의 먹구름을 보면 가랑비가 내리고 있었다. 나는 어서 서둘러야만 했다. 면산(1,246m) 정상을 지나 1071봉까지 올라서 보니 가랑비에 옷이 많이 젖었다. 그때 하늘을 울리는 기차 소리가 철암역과 통리역 방향에서 들려왔다. 내게 빨리 내려오라고 말하는 것만 같았다. 그래, 조금만 기다려라.

비는 그칠 줄 모르고 계속 내렸고, 두리봉산(구랄산)을 지나 토산령(대끼재) 부근에서는 소나기가 세차게 퍼부었다. 나는 민첩하게 텐트 타프를 꺼내서 배낭과 함께 덮어 쓰고 나무에 기대어 잠시 쉬어 가기로 했다. 비는 점점 더 굵어져서 더 이상 걷기는 어려웠다. 산죽밭에 텐트를 치고 마지막 한 끼의 밥을 지어 먹었다. 텐트를 닫아 놓았더니 어느새 훈기가 돌아 비에 젖은 몸이 따뜻해지고 있었다. 사람의 몸이란 참 신비로웠다. 밥을 먹으니 쓰러질 것 같았던 몸에 생기가 올라왔다. 폭우가 쏟아지는 이곳 토산령 산죽밭에서 아침이 밝아올 때까지 살아남아야 했다. 촛불을 켜고 지새우는 밤의 적막, 침낭은 반쯤 젖어 있었지만 그대로 침낭을 깔고 누워 눈을 감았다.

통리역에서
만난 사람들

순례 31일째 ··· 통리역·3차 구간의 마지막

날이 밝았는데도 비는 그칠 기미를 보이지 않았다. 나는 출발할지, 비가 개는 것을 기다릴지 결정해야 했다. 더욱 거세지는 산죽밭의 아우성에 몸이 절로 쭈뼛거려졌다. 밤새도록 내린 빗물에 젖은 침낭을 보고 있자니 섣불리 나설 용기가 나지 않았다. 그렇다고 텐트 안에만 갇혀 있을 수도 없는 노릇이었다. 오늘 하루만 여정을 계속하면 계획했던 3차 구간이 마무리되었다. 그렇게 되면 나에게는 내일 하루, 잠시 여정을 쉬어 갈 수 있었다. 또 약 9킬로미터 가량을 걸어 통리역까지만 가면 지원조를 만날 수 있다는 기대감에 비를 맞으며 젖은 텐트를 접어서 배낭 안에 구겨 넣었다.

해발 680미터 고도에 있는 통리역은 우리나라에서 가장 높은 곳에 위치한 역 중의 한 곳이다. 1980년대 후반으로 접어들면서 번성기를 누렸던 석탄 산업이 급격히 몰락하면서 통리역도 이용하는 사람이 없어 지금은 명맥만 이어 가고 있었다. 그래서인지 통리역 대합실에는 역무원 말고는 누구도 찾아볼 수 없었다. 나는 통리역 근처에 있는 정육점에서 삼겹살 반 근을 사고, 소주도 한 병 샀다. 오늘은 왜인지 홀로 3차 구간 종료를 기념하고 싶었다. 혼자 걷는 여정의 허전함과 외로움을 달래고 싶었다. 비는 그치지 않았고, 나는 비를 피할 요량으로 통리역 대합실 입구 안쪽으로 들어가 구석에 자리를 잡았다. 그리고 코펠에 삼겹살을 구워 초고추장에 찍어 소주와 함께 먹었다. 대합실을 오가는 사람이 없어서 눈치볼 것도 없었다. 온종일 굶은 채 빗속을 걸어온 내 몸에 삼겹살이 들어가니 마치 몸안의 세포가 모두 살아나는 느낌이었다. 삼겹살과 소주의 환상적인 조합은 31일째 걷고 있는 나에게는 소중한 선물이었다. 마치 꺼져 가는 생명에 불꽃을 태우며 기름을 보충하는 의식같이 느껴졌다. 식량이 바닥나서 며칠째 미숫가루와 비상식량으로 버텨온 불쌍한 이 몸뚱이에 대한 위로의 음식이기도 했다. 갑자기 취기가 올라왔다. 그런데 취기가 올라올

수록 기분이 좋아지면서 세상 모든 것들이 사랑스러워보였다. 대합실 밖에는 아직도 비가 내리고 있었고, 오가는 사람은 단 한명도 없었다. 역무원조차 나를 투명인간 취급하고 있는 듯했다. 취기가 훈훈하게 더해지자 더는 고독하지도 외롭지도 않았다. 고독? 외로움이 무엇일까. 고독은 더 이상 나를 괴롭히지 못했다. 고독이 찾아와도 아무런 고통도 없었다. 그것은 고독이 아니었다. 적막공산寂寞空山에서 홀로 한 달을 버텨낸 사람에게 고독은 사치였을 뿐이었다. 신령스런 산의 위엄과 변화무쌍한 자연 속에서 살아남은 자에게 고독이란 한낱 망상에 불과했다. 고독 대신 나는 비와 바람의 친구가 되었고, 달과 별, 산새들과 벌레들의 친구가 되어, 자연 속에 하나가 되었다. 더는 고독으로 아프지 않을 자신이 있었다.

빈속에 술을 마신 것 때문인지 대합실의 한쪽 귀퉁이에서 나도 모르게 잠이 들었다. 얼마나 잤을까. 누군가가 나를 깨웠다. 칠흑같은 어둠 속의 통리역 대합실, 문은 열려 있었고, 어둠 속에서 낯익은 누군가 내 이름을 부르는 목소리가 들렸다.

"성정아! 나 왔어. 일어나!"

인사불성인 채로 꿈을 꾸고 있을 즈음, 그가 왔다. 내 친구 지인. 그는 아버지 차를 빌려 어젯밤부터 인천에서 밤새도록 운전해서 내게 왔다. 새벽 4시, 나는 혼미한 정신을 깨워야만 했다. 망막

속에 맺힐 듯 맺히지 않는 지인이의 희미한 모습, 초점을 맞추기 위해 연신 눈을 깜빡였지만, 이내 다시 감겨 버렸다. 지인이의 모습이 내 눈에 선명히 맺히지는 않았지만 내 친구 지인이가 분명했다. 그렇구나, 마음 깊은 곳에서 안도감이 밀려 나왔다. 친구를 보니 이젠 살았다는 생각과 함께 다시 깊은 잠 속으로 빠져들었다. 꿈을 꾸었다. 꿈속에서 누군지 모를 사람이 "와! 바다다."라며 소리치며 푸른 바다가 보이는 모래해변을 향해 뛰어가고 있었다. 내 또래로 보이는 남자가 바다로 뛰어 들었다. 거친 파도에도 아랑곳하지 않고, 헤엄치더니 내 시야에서 그대로 사라져 버렸다. 나는 불안하고 두려운 마음에 소리쳐 불렀다. "안 돼! 안 돼! 가지 마!"

순례 32일째 ⋯ 휴식의 날·의문의 퍼즐 조각이 맞춰지다

　　　　다시 잠에서 깨어나 눈을 떴을 때는 이미 날이 밝아 있었다. 지인이는 대합실 벤치에 앉아 내가 깨어날 때까지 기다리고 있었다. 내가 눈을 뜨자 '일어났구나!' 하며 지인이가 다가왔다. 지인이는 4차 구간의 식량을 조달하기 위해서 먼 길을 달려왔다. 지인이와 나는 이번 순례를 떠나오기 전부터 통리역에서 만나기로 약속했었다. 3차 구간을 마무리하는 시점에 맞춰 장비도 점검하고 식량도 보충하는 시간이 필요했기 때문에 나를 지원해

순례 중에 만났던

모든 인연들을 떠올리다 보니

혼자 걷고 있지만

혼자가 아닌 것 같았다.

주러 온 것이었다. 오늘은 하루 휴식을 취하고 내일부터는 4차 구간이 시작될 것이다. 부산에서 이곳 통리역까지 한 달이 넘도록 걷고 또 걸어오면서 1~3차 구간을 모두 완료했다.

우리는 근처 여관에 방을 하나 잡았다. 지인이가 나에게 심각한 냄새가 난다며 코를 막으며 놀려댄 이유도 방을 잡는 데 한몫했다. 지인이의 지적도 기분 나쁘지 않았던 것이, 내가 보기에도 거지꼴이었다. 몸에서 찌든 내가 올라왔다. 산에서 비를 맞으며 하루 종일 땀에 절어 있었던 몸이지 않았던가. 몸도 제대로 씻을 수 없었고, 빨래는 상상조차 할 수 없었으니 그런 지적은 당연했다. 여관으로 가서 나는 목욕을 하고 빨래를 했다. 그 사이 지인이도 잠깐 눈을 붙였다. 밤새 운전하며 이곳까지 왔으니 얼마나 피곤했을지. 그렇게 우리는 매무새를 정리하고 피로를 푼 후, 지인이의 차를 타고 바닷가로 향했다. 부산에서부터 낙동정맥을 따라 이곳까지 오면서 산능선에서 바라본 동해 바다가 정말 보고 싶었다.

호산항 근처에 있는 월천해수욕장으로 차를 몰았다. 힌 시간 남짓 갔을까, 월천해수욕장 앞에 도착한 지인이가 운전을 하다 말고 소리쳤다. '와! 바다다!' 지인이는 어린아이처럼 신나서 절규하듯 외쳤다. 그 한마디가 침잠해 있던 내 마음에 파문을 일으켰다. 새벽녘에 꾼 꿈에서 본 그 바다가 생각났다. 그리고 꿈속에서 어떤 남자가 '와! 바다다!'라고 외치며 바다에 뛰어들었던 모습이 생각났다. 왠지 예지몽 같은 느낌이 들어 불길했다. 바다는 꿈에서 본 그대로였다. 나는 지인이에게 꿈속에서 나타난 장면이라고 말해주고는 바다 가까이는 가지 말자고 했다. 지인이와 나는 바다가 잘 보이는 그늘 벤치에 자리를 잡았다. 우리는 해변에서 들려오는 해조음을 들으며 한동안 바다를 바라보았다. 아무 말도 없이 멍하니 앉아 있었지만 마음은 편안해졌다.

"지인아! 인생이란 무엇일까? 어떻게 살아야 하는 걸까? 난 잘 모르겠다. 어떻게 살아야 잘 사는 건지. 만년설에 환영이를 묻어두고 오는 게 아니었는데……. 왜 나에게 이런 일들이 일어났던 걸까?"

"성정아. 너무 심각하게 생각하지 마. 네 잘못이 아니야. 난 네가 좀 가볍게 생각했으면 좋겠어. 뭐가 그렇게 심각하냐. 그냥 흐르는 대로 두면 될 것을. 그냥 살면 되는 거야. 너는 너 나름대로 최선을 다했던 거야."

지인이는 내가 왜 이 여정을 시작했는지 알고 있었다. 물론 히말라야에서의 아픔도 잘 알고 있었다. 고등학교 시절부터 내가 염세주의에 빠져 세상을 비관하는 모습을 곁에서 지켜보았던 친구였다. 내가 가진 어른에 대한 불신과 반항심리를 누구보다 잘 알고 있었고, 어떤 우울감에 빠져 있는지도 알고 있던 친구였다. 그는 언제나 세상을 삐딱하게 바라보는 나에게 아낌없는 조언을 해주었다. 세상 밖으로 도망치고 싶어 했던 나를 지인이는 너무도 잘 알고 있었다.

"이젠 좀 잊어버려. 너는 너야. 왜 아직도 그런 생각에 갇혀 있냐. 이젠 충분하다고. 넌 이미 잘하고 있고. 넌 아주 특별한 존재야. 알겠냐?"

"고맙다. 그런데 어떻게 잊을 수 있겠냐? 친구가 죽었는데……."

바다는 무겁고 뜨거운 바람을 몰고 왔다. 우리는 바다에 시선을 둔 채, 대화를 이어갔다.

"성정아!"

지인이가 내 이름을 불렀다. 나는 그가 무슨 말을 할지 궁금했다. 나뭇가지 사이로 뜨거운 햇살이 그의 얼굴을 비추고 있었고 지인이의 미간이 찡그러졌다.

"나는 네가 환영이의 죽음과 너 자신을 너무 동일시하는 것 같다는 생각이야. 어떤 상황이 벌어졌든 너는 너라는 것만 생각했으면 좋겠어. 너 자신도 정말 소중한 데 왜 자신을 불행하게 하는지 모르겠어. 네 잘못이라 생각하지 마. 그건 너도 어쩔 수 없는, 이떻게 할 수 없는 일이었잖아. 네 마음은 충분히 공감하지만, 과거의 감정에 지금의 네가 얽매여 있는 것 같아. 항상 지나간 무언가를 결론짓고 해석하려고 하기 때문에 과거에 얽매이게 되는 것은 아닐까? 살 사람은 살아야지. 너는 지금 여기, 이곳에 나랑 함께 있고 지금을 살고 있는 거라고."

"그럼, 지인아! 지금까지 살면서 내가 경험한 것들은 다 뭐였을까? 왜 나에게는 내가 원하지도 않은 일들이 벌어지는 걸까? 이런저런 일들이 왜 일어나서 나를 우울하고 슬프게 하는 거냐고." 나는 지인이를 보면서 대답했다.

"그래, 잘 알고 있지. 네가 얼마나 많은 슬픔을 견뎌왔는지 잘 안다고. 하지만 모든 벌어지는 일들에는 그만한 이유가 있을 거라고 생각해. 벌어질 만한 이유가. 우리에게 뭔가 알려주려는 것처럼 말이지. 성정이 너처럼 그렇게 부정적으로만 보면 세상에 문제 아닌 것이 어디 있겠어. 하지만 그 어떤 사건 사고도, 경험들조차도 당연히 받아들여야 할 숙명이라고 생각한다면 너를 더욱 단련시키고 온전하게 성장시켜주는 계기가 될 수도 있지 않을까?"

나는 지인이의 생각을 듣고 어느 정도 놀란 마음을 삼켰다. 그런 생각을 하고 있을 거라고는 짐작도 못했다. 진정 어린 마음으로 조언해주고 있음이 느껴졌다. 그동안 나의 생각에 빠져 지인이의 생각을 몰랐던 나를 자책했다. 그렇지만 이런 좋은 친구가 있음이 더 기쁘고 행복했다. 그래, 지인이의 말처럼 이제 더 이상 흔들리지 말자. 지금까지의 경험들은 나를 성장시키기 위해 꼭 필요한 것이라고 생각하자. 어찌 보면 이 고통과 번민을 통해 나는 더 온전한 삶으로 성장하고 있는지도 몰랐다. 대화가 통하고 나에게 진심 어린 충고를 해주는 벗이 있다는 건 가슴 벅찬 일이었다. 이렇게 가까이 멋진 친구가 있으니 천만다행이었다. 친구의 가슴속에서 우러나오는 위로의 말들이 나의 아픔을 따뜻하게 감싸주는 것만 같았다. 우리는 한동안 바다를 바라보며 침묵에 잠겼다.

그러다 갑자기 지인이가 자신의 배낭에서 〈월간 산악〉이라는 잡지책을 꺼냈다. 그리고는 능숙하게 중간 부분의 기사 하나를 펼쳐 나에게 보여줬다. 잡지에 실린 기사는 환영이의 죽음과 관련된 세 쪽짜리 심층취재 내용이었다. 기사는 지난해 10월 인도 가르왈 히말라야에서 실종된 환영이의 죽음을 조사한 내용을 담고 있었다. 인도등산협회와 한국산악연맹이 몇 차례에 걸쳐 구조작업을 진행한 내용과 수개월간 사고원인에 대하여 공동조사한 보고서를 토대로 작성된 기사였다. 기사 타이틀은 '무리한 알피니즘의 등정주의와 등로주의를 점검한다'였다. 히말라야 정상 정복을 향한 산악계에 불어 닥친 과열된 양상을 적나라하게 보여주고 있었다. 기자의 시선에서 써 내려간 이 기사는 이미 산악계에서 일파만파 논란을 일으키고 있다고 했다. 우리 원정대 입장에서 보면 좀 억울한 측면이 있었지만, 과도한 등정 욕심이 죽음을 부르고 있다며 산악계의 성찰이 필요함을 지적하고 있었다. 또한 사고의 원인과 당시의 날씨, 눈사태의 적설량 등을 조사한 내용과 함께 나와 관련된 내용도 기사에 담겨 있었다.

최환영 군와 조성정 군에게 연결되었던 자일을 수거한 구조팀
이 '인도산악연맹 과학기술원'에 의뢰하여 정밀 분석한 결과
눈사태로 인해 끊어진 것으로 보이지 않는다. 88미터 가량 남
은 자일의 길이, 절단된 자일 부위 이외로는 손상된 흔적이 없
는 점, 잘려 나간 형태, 자일의 마모상태 등을 종합하여 볼 때,
최환영 군이 직접 나이프로 자일을 절단한 것으로 추정된다.

나는 이 문장을 읽는 순간 까무러칠 뻔했다. 잡지를 들고 있는
손이 부들부들 떨려왔다. 오금이 저려오며 뇌리에 꼬여 있던 오랜
의구심의 매듭이 풀려나갔다. 그 기사 내용이 무엇을 의미하는지
나는 너무나 잘 알고 있었다. 그것은 바로 환영이가 계곡을 휩쓸
고 내려오는 눈사태 앞에서도, 당시 목에 걸고 다니던 주머니칼로
나와 연결된 자일을 먼저 끊었다는 말이었다. 만약 그 자일이 끊
어지지 않았다면 나도 환영이처럼 고스란히 육중한 눈덩이에 맞
아 즉사했을 것이다. 나는 환영이와 자일이 연결되어 있었기 때문
에 함께 죽어야 할 운명이었다. 하지만 그 짧은 순간에도 그는 정
확히 대처했고, 나를 살리기 위해 자일을 끊어 버릴 결단을 했던
것이다. 내가 눈사태에 떠밀려 내려가면서도 운 좋게 살 수 있는
기회가 찾아왔던 건 환영이의 필사적인 조치 때문이었다. 나도
'환영이와 함께 묶여 있던 자일은 도대체 어떻게 끊어진 걸까'라

며 항상 의문을 품었지만, 그때는 경황이 없었고 귀국한 이후에
도 잊고 지냈었다. 이제서야 마지막 남은 의문의 퍼즐 한 조각이
맞춰졌다.

4

내 안에서 또 다른 나를 찾다

예수원

대천덕 신부님

순례 33일째 ··· 덕항산 · 삶과 죽음에 대하여

　　　　이른 아침, 여관에서 지인이와 헤어진 후, 통리역에서 들려오는 기적 소리를 뒤로한 채 발걸음을 재촉했다. 어제 하루 휴식일을 보냈더니 피로가 많이 풀렸고, 지인이와 대화하면서 마음도 많이 편안해졌다. 열흘 치 식량꾸러미를 지인이에게 받아서 배낭은 다시 20킬로그램이 넘는 무게가 되었지만, 컨디션은 최상이었다. 부산에서부터 시작해 낙동정맥을 따라 지금까지 한 달 동안 실제 산행거리 500킬로미터를 걸었다. 이제 4, 5차 구간인 백두대간 본능선이 시작되었다. 그 시발점인, 낙동강과 한강 그리고

동해 오수천으로 흐르는 삼수령三水嶺이 매봉산(1,303m) 근처에 있었다.

덕항산(1,071m)으로 올라가기 전, 1킬로미터 정도 내려가면 예수원이라는 곳이 있었다. 나는 그 골짜기를 향해 내려갔다. 그곳 예수원에 가면 저녁을 얻어먹을 수 있을 것 같았고 여차하면 편안한 잠자리도 요청해볼 수도 있을 것 같았다. 하지만 예수원 본 건물 앞에 이르러보니, 아직 저녁때가 되지 않았는지 문은 굳게 닫혀 있었다. 이 깊은 산중에 '예수원'이라는 곳이 있다는 것도 믿기지 않았지만, 이 깊은 숲속에 여러 채의 건물들이 터를 잡고 있는 것도 신기했다. 누가 이곳에 예수원을 세웠을까. 건물 분위기도 수련원이나 기도원 같은 느낌이었다. 나는 건물 앞 돌담벼락에 걸터앉아 누군가가 나오길 기다렸다. 그때 마침 할머니 한 분이 본 건물 뒤쪽에서 산길로 걸어오고 있었다. 자세히 보니 외국인 할머니였는데, 풍채가 좋고 얼굴에는 미소를 한가득 짓고 있어 자상한 느낌이었다. 이 깊은 산속에 백발의 할머니 그것도 외국인이 나타난 것이 어쩐지 어울리지 않아 당황스러웠다. 하지만 할머니는 오랜 세월 이곳에서 살고 있는 듯 보였다. 나는 정중히 인사를 드리고, 하룻밤 묵어갈 수 있는지 여쭤보았다.

"노! 안 돼요. 묵어갈 곳이 없답니다. 이곳은 그런 곳이 아닙니다."

단번에 거절당해 상심했지만, 다시 한 번 사정을 했다.

"그래도 어렵습니다."

두 번째에도 거절당하자 돌아설 수밖에 없었다. 야영할 장소를 빨리 찾아나서야 했다. 거절의 아픔을 안고 인사도 없이 다시 덕항산 방향으로 올라가려고 발걸음을 돌리던 그때 등 뒤에서 할머니의 목소리가 나를 세웠다.

"아, 잠시만 기다려보세요. 마침 저녁 식사 시간이니 식당으로 가서 식사라도 하고 가세요."

나는 저녁 식사라도 함께할 수 있음에 감사했다. 할머니는 한국어도 유창해 나에게 존댓말을 써 가면서 정중하게 안내해주었다. 할머니를 따라 들어간 곳은 돌과 나무로 지어진 비좁고 허름한 돌담집이었는데, 그곳을 부엌과 식당으로 쓰는 듯했다. 그곳 예수원의 식구들이 식사 준비를 하는 동안 나는 식탁 의자에 앉아 기다리며 실내를 두리번거리며 기웃거렸다. 그러다 창가 쪽 서재에 진열된 책들이 눈에 들어왔다. 책들을 대충 넘겨보니 대부분의 책이 대천덕 신부님에 관한 것들이었다. 대천덕 신부님은 여러 권의 책을 출간했는데, 판매금액까지 친절하게 적혀 있었다. 나는 책들을 훑어보면서 대천덕 신부님이 대체 누굴까 궁금해졌다. 책 앞면 속지에 적힌 저자 약력을 보니 대천덕 신부님은 이곳 예수원을 설립하고 개척했으며, 내가 만났던 할머니는 대천덕 신부님

의 부인인 듯했다. 예수원은 1965년에 설립해 노동과 기도의 삶
을 영위하며 자급자족 신앙공동체를 꿈꾸는 곳이었다. 나는 신부
님의 가족과 자원봉사자들, 신자들을 비롯한 여러 형제자매들이
함께 생활하는 공간에 들어온 것이었다. 이곳은 철저한 그리스도
의 신앙심으로 똘똘 뭉쳐 살고 있는 영성공동체였다. 저녁 식사 시
간이 되자, 책에서 본 대천덕 신부님이 식당으로 들어오셨다. 신부
님은 이미 사모님으로부터 나의 이야기를 들었는지 오자마자 반
갑게 인사를 건넸다.

"반가워, 젊은 친구! 지금 백두대간 순례를 하고 있다고? 그래,
아주 멋진걸!"

신부님은 외국인이었지만 한국어 구사능력이 뛰어났다.

"예, 안녕하세요. 여기 있는 책을 통해 신부님을 조금이나마 알
게 되었습니다. 지으신 책이 굉장히 많네요."

대천덕 신부님은 누가 보더라도 미남형인데다 훤칠한 키에 동그
랗고 자신감에 찬 노란 눈동자는 강렬했으며, 얼굴에 패인 주름
살이 옅게 굳어 있었다. 머리숱이 적어 황금색 머릿결에 이마가
훤히 드러나 있었지만 76세라고는 믿겨지지 않을 만큼 아주 건강
하고 젊어보였다. 미국인이지만 선교사업을 위해 이곳 한국에서
40년간 살아온 분이었다. 식사가 시작되기 전, 대천덕 신부님의
기도가 이어졌고 신부님의 기도가 끝나자 식구들이 밥을 먹기 시

나는 참 행복한 사람이었다.

산과 혼연일체가 되어 자연 그대로의 사랑을 배웠고,

이 땅의 숭고한 자연의 이치를 하나둘 터득할 수 있었다.

작했다. 열 명 정도의 식구들이 식사를 하면서도 차분하고 조용한 분위기였다. 가끔 웃음소리도 들리고 낮은 목소리도 들렸지만 왁자지껄한 모습과는 격이 좀 달랐다. 신부님은 식사를 마치고 나에게 잠시 자리를 옮겨 커피를 마시자고 해, 얼떨결에 신부님과 마주하는 시간이 주어졌다. 사모님의 안내에 따라 자리를 옮겼다. 커피가 준비되어 나올 즈음 나는 신부님에게 말했다.

"신부님, 육체가 죽는다는 건 무슨 의미인가요? 천국 간다, 지옥 간다, 그러는데 저는 그것이 무엇인지 잘 모르겠어요."

나는 줄곧 궁금했던 삶과 죽음에 대한 질문을 던졌다. 신부님은 말해줄 수 있을 것만 같았다.

"젊은 친구, 하나님을 믿는가?"

"아니요, 저는 안 믿어요. 하나님이 뭔지도 잘 모르겠어요."

"허허. 그렇군. 아주 좋은 질문을 해주었네. 성경에는 '네 몸은 성전이라'라고 알려주고 있지. 육신이란, 성전이지. 성령이 임하는 곳이야. 쉽게 말하자면 단지 잠시 머물다가는 아름다운 집과 같은 것이라고 할 수 있지. 단지 어느 누구도 그곳에서 영원히 살 수는 없네. 이 '몸'을 벗게 되면 우리들은 또 다른 여행을 준비해야 해. 우리는 그저 하나님 발길에 걷어차여 굴러다니는 돌멩이에 지나지 않거든. 하나님의 뜻을 담는 몸, 그릇에 지나지 않다는 말이지. 젊은 친구도 그 분의 뜻을 담는 그릇이지. 내 뜻대로 사는 게 아니라 내 안의 그리스도가 살 수 있도록 하나님의 뜻을 섬기는 자세가 중요해. 자네가 하나님을 믿건 안 믿건 하나님의 자녀임은 부인할 순 없지. 그래서 역설적이지만 하나님을 믿어야 한다네. 저마다 제 꼴을 갖춰서 하나님의 뜻을 모시고 살아야 한다는 거야. 그 분의 도구가 되어 잘 쓰일 수 있도록 매 순간 기도하는 마음이 필요하지."

신부님은 성경 구절를 인용하며 설명해주었지만, 도통 무슨 뜻인지 잘 이해되지 않았다.

"그런데 왜 사람들은 죽음을 두려워하고, 왜 가까운 사람의 죽음으로 슬퍼할 수밖에 없는 건가요? 죽음의 실체란 것이 있는 건가요?"

"오, 젊은 친구! 진지한 질문이군. 아주 좋아. 젊은 친구에게 질문 하나 하지. 자네는 자신의 능력으로 세상을 살고 있다고 생각하는가?"

나는 대답할 생각은 하지 않고 신부님의 얼굴을 뚫어져라 쳐다보고만 있었다.

"내가 볼 때 자네도 하나님의 사랑으로 살려지고 떠받들여지는 존재라네. 단 한순간도 그 분의 사랑 없이는 살 수 없지. 천지만물을 창조하신 하나님은 사랑이시지. 누구든지 그 사랑을 깨닫고자 한다면, 먼저 하나님이 우리와 분리되어 있다는 생각에서 벗어나야 해. 하나님의 심판을 두려워해야 하는 것이지. 육체라는 건 누더기에 지나지 않아. 이 육체가 '나'라고 착각하면 죽음에 대한 공포와 두려움으로부터 자유로울 수 없거든. 대부분의 사람들은 허구의 '나'를 참된 '나' 자신이라고 믿고 있다네. 그 신념이 개인과 사회를 불행에 이르게 하지. 하나님이 함께하고 있는 그 실체 속에 거주하는 것이 아니라 관념화된 현실에 머물러 있지. 그 수많은 사람들이 임종의 자리에 누워 외부의 모든 것이 떨어져 나갈 때 비로소 이 세상 어떤 것도 자신의 존재와 무관하다는 사실을 깨닫게 된다네. 죽음이 가까워 오면서 소유라는 개념 자체가 궁극적으로 완전히 무의미한 것임이 드러나는 것이지. 그 죽음의 실체를 이해하고 나면, 삶과 죽음이 결국 하나라는 것을 알게 될 거야. 그리고 무엇이 소중한 것인지도 말이야. 세상에는 소유할 수 있는 것이라곤 아무것도 없다는 사실을 깨닫게 될 테니까. 내가 하는 일이 아니라 내 안의 그리스도가 관장하고 있음을 믿어야 해. 믿음이 없으면 재앙 같은 삶을 살다가는 것이야."

신부님은 잠시 말씀을 중단하고 커피잔을 입가에 가져가더니 갑자기 몸을 앞으로 굽히시며 나에게 가까이 다가와 낮은 목소리로 말씀을 이어갔다.

"내가 아는 하나님은 무한한 에너지이고, 무한한 사랑이며, 무한한 빛이라네. 우리는 그 사랑 안에서 그리스도의 사람으로 거듭나야 해. '네 마음을 다하고 목숨을 다하고 뜻을 다하여 주 하나님을 사랑하라'는 성경 말씀을 기억하시게."

결론을 말하자면, 주 하나님을 사랑하는 것만이 죽음으로부터 구원받을 수 있는 길이라는 주장이었다. 신부님의 긴 답변은 성경 구절들을 인용하면서 계속 이어졌다.

다 기억할 수는 없지만, 그중에 마가복음에 나온 구절은 기억할 수 있었다.

너희 목숨을 위하여 무엇을 먹을까 몸을 위하여 무엇을 입을까 염려하지 말라. 목숨이 음식보다 중하고 몸이 의복보다 중하니라. (중략) 믿음이 작은 자들아 너희는 무엇을 먹을까 무엇을 마실까 하여 구하지 말며 근심하지도 말라. 이 모든 것은 세상 백성들이 구하는 것이라. (중략) 다만 너희는 그의 나라를 구하라. 그리하면 이런 것들을 너희에게 더하시리라.

—누가복음 12장 22절~31절

내 머릿속이 무거워진 것은, 내 수준에서 이해할 수 있는 용량을 넘어서 버렸기 때문이었다. 그래도 나는 인내심을 가지고 듣기 위해 노력했다. 이런 환대를 무시하는 것은 예의가 아니었고, 저녁밥에 대한 보답을 위해 예의를 갖추어야 했다. 사람이란 자고로 밥값을 해야 하는 것이 도리라고 생각했다. 성경 말씀은 모두 생소했고 마음 깊이 와 닿지는 않았지만, 최대한 마음을 열고 귀를 기울였다. 신부님이 하시는 말씀보다는 그의 눈빛, 표정, 미소, 몸짓, 음성에 매료되어 천천히 감화되어 갔다. 온 마음 온 정성으로 불쌍한 이 영혼을 궁휼히 여기며 품어주시는 신부님의 사랑을 느낄 수 있었다. 스쳐 지나가는 이 젊은이를 이렇게까지 환대해주는 모습이 나를 감동케 했다. 스쳐 가는 나그네를, 아무것도 아닌 한 사람이 그로부터 얼마나 존중받고 있는지 느껴졌다. 오늘의 이 짧은 순간의 작은 인연조차도 이렇게 깍듯하고 소중하게 마중해주는 모습에 감화되어 버렸다. 이 황홀한 체험을 하면서 마음속 깊은 곳에서 신부님에 대한 존경심이 올라오고 있었다. 나는 신부님 말씀이 멈출 때까지 최면에 걸린 사람처럼 꼼짝할 수 없었다. 신부님의 몸에서 발산하는 영적인 기운과 몸 주위에 형성된 그 오라aura를 처음 경험했다. 그 에너지는 나의 번민과 고통들을 치유해주고 있었다. 긴 설교가 멈추었을 때, 나는 정신을 차렸다. 밤이 깊어 가고 있었기에 나는 다시 출발해야 함을 말씀드렸다. 그리고 신부님과 사모님에게 감사 인사를 드리고 자리에서 일어났다.

"모든 환란에는 고귀한 메시지가 담겨 있지. 고통에는 늘 고상한 목적이 따르거든. 고통을 온전히 받아들일 때, 그 고통에 숨겨진 하나님의 선물이 기다리고 있을 것이네. 잘 가게, 젊은 친구!

자네의 선한 의지를 믿으시게. 기회는 언제나 열려 있어."

신부님은 발길을 떼는 순례자에게 마지막 인사말을 해주었다. 나는 무거운 배낭을 짊어 메고 덕항산으로 다시 올라갔다. 어제 본 보름달이 다시 떠오르리라는 생각으로, 야간산행까지 각오하며 걸었다. 예수원에서는 하룻밤을 묵을 수 없었지만, 오랜 시간 신부님과 이야기하며 많은 위로를 받았다.

울퉁불퉁한 산비탈 바닥을 평퍼짐하게 다져서 텐트를 쳤다. 숲속에도 나뭇가지 사이로 비치는 달빛이 들어차고 있었다. 한 달 만에 찾아온 보름달이었다. 어둠이 짙어질수록 더욱 가까이서 붉게 떠오르며 보름달 표면에 드리운 그 얼룩진 형상이 선명히 드러나고 있었다. 정상으로 부는 약한 바람은 땀에 젖은 몸을 식혀주기에 충분했다. 멀리 두타산과 청옥산 그리고 고적대까지의 능선이 보였다. 나무들 사이로 어렴풋이 굽어 보이는 마을에서 불빛들이 하나둘 켜지고 있었다. 라디오를 켜고 듣다 보니 마치 성경에 나오는 홍해가 갈라지는 것처럼 진도 앞바다가 열린다고 했다. 바다가 갈라진다는 기적 같은 자연현상이 현실에서도 이렇게 벌어지고 있었다. 흥미로운 소식이었다. 문득 대천덕 신부님의 말씀이 비현실적인 이야기가 아닐 수도 있겠구나 싶었다. 초현실적인 상황은 현실에서도 얼마든지 벌어질 수 있었다.

봉 선생님의

행복론

순례 34일째 ··· 꿈속에서 만난 환영이 그리고 순례의 의미

　　　　　"그곳에 올랐건 안 올랐건 그게 뭐가 중요해! 한 시에 올랐건 두 시에 올랐건 도대체 뭐가 중요하냔 말이야, 사람이 죽었는데."

내 앞에 있는 환영이는 살아 있었다. 그리고 울면서 나에게 말하고 있었다.

"도대체 중요한 것이 뭐냔 말이야."

꿈속의 환영이는 어깨를 들썩이며 울고 있었고, 나는 그 모습을 가슴 졸이며 지켜만 보고 있었다. 몸이 얼어붙어 꼼짝할 수 없었다. 가슴이 미친 듯이 뛰었고 두려웠다. 그렇게 잠에서 깼다. 환영이는 억울해하고 있었다. '뭐가 중요하냐'는 말만 계속 되풀이했다. 꿈속에서 했던 그의 말이 너무도 생생했다. 환영이는 나에게 무슨 말을 하고 싶었던 것일까. 요 근래에는 단 한번도 환영이가 꿈에 나타나지 않았었다. 도대체 우리에게 중요한 것이 무엇이었던가. 환영이는 나에게 그 화두를 잊지 말라고 알려주기 위해 꿈속에 나타난 듯했다.

불현듯 나는 왜 고집스럽게 이 산행을 끝까지 하려는 것인지 어떤 의미를 찾기 위해서였는지 돌아보았다. 부산에서 지금까지 기록해왔던 것들이 무의미해 보였고, 찢어 버리고 싶은 욕망이 솟구쳤다. 하루에 몇 킬로미터를 몇 시간을 걸었는지, 매일 무엇을 먹었는지 이렇게 일일이 기록해왔던 것이, 도대체 무슨 소용이었던가. 백두대간 순례 계획이 아니었어도 세상은 그대로인데 왜 나는 떠나야만 했을까? 왜 이곳 백두대간을 홀로 걸어야만 했을까? 산은 항상 내 발길 닿는 곳에 있었고, 언제나 내 마음에 있는데 왜 이곳으로 나를 떠밀었던 것일까?

밤새도록 등이 불편했다. 울퉁불퉁한 바닥의 돌부

리가 잠결에도 등을 자극하고 있어서 뒤척거리며 잠을 잤다. 불편한 잠자리가 이젠 익숙해져 있어서 일어나자마자 엉킨 근육을 스트레칭으로 풀면서 고요한 아침을 맞이했다.

출발하면서부터 시작된 이슬비는 굵어지더니 가랑비로 변하다가 이내 작달비가 되어 내렸다. 요란한 빗소리가 온 숲을 적시고 있었다. 비를 피할 곳도 없어서 그냥 비를 맞으며 계속 걸었더니 마치 물에 빠진 생쥐가 된 것 같았다. 빗속을 쉬지 않고 10킬로미터를 더 걸어서 댓재까지 갔다. 댓재에 도착하니 마침 두타산으로 가는 등산로 입구에 산신각이 있어 그 처마 밑으로 기어 들어갔다. 산신각은 산신을 모시고 제를 지내는 곳으로 산악 숭배나 마을신앙과 깊은 관련이 있었다. 산신각에는 대체로 1년 365일 위패가 모셔져 있고, 제사 때마다 음식을 바치며 절하고 기도하면서 마을에 풍운을 기원했다고 한다. 초기 수렵생활부터 농경생활이 중심이었던 우리 조상들은 일종의 토테미즘totemism 신앙행위가 발달해 이렇게 깊은 산중에는 산신각을 세워 산신령들을 모시는 토속신앙이 번성했다. 아직까지도 이런 제사는 산골마을에서는 계속 이어져 오고 있었다. 비 오는 날 이러한 산신각 처마 밑에 텐트를 치게 되리라고는 예상하지 못했지만, 처마를 만날 수 있었던 건 정말 행운이었다. 산신각 처마 밑은 비바람을 피할 수 있는 최적의 장소였다. 흠뻑 젖은 상태로 계속 순례를 이어갈 수는 없었기에 텐트 안으로 들어가 버너를 켜고 옷을 짜서 말렸다. 28번 아스팔트 국도에 부딪치는 거센 빗방울들이 전쟁터의 총성처럼 따갑게 귓전을 때렸다. 소나기를 핑계 삼아 오늘의 일정은 일찍 마치기로 했다. 악천후惡天候에는 쉬는 것이 남는 법. 날은 흐렸지만, 밤이 되려면 아직 시간이 많이 남아 있었다. 소나기가 내리는 흐린 하늘, 새들도 사라진 숲속에는 안개만이 가득했다. 나는 지금 어디에 있는 것일까. 문득 대천덕 신부님이 해주신 말씀들이 떠오르는 순간, 나는 정말 막 살았다는 생각이 들었다. 나는 내 자신에 대해 너무 무지했다. '나'라는 생각에 갇혀 나의 에고ego 가 하느님을 변두리로 몰아냈던 삶은 아니었을까 생각했다. 갑자기 내 안에서 회계의 마음이 올라왔다. 이런 기분은 처음이었다. 단 한번도 하나님의 존재를 생각해보지 않았고, 그의 이름을 부르지 않았고, 고난과 역경이 찾아온 시기에도 기도 한번 해보지 않았던 내가 흔들리고 있었다. 무신론자였던 내가 하나님을 생각하며 기도가 하고 싶어졌다. 내가 많이 괴롭다고 힘들다고 외롭다고 쓸쓸하다고 사랑도 존중도 받고 싶다고 호소하고 싶었고 기도하고 싶었다.

'이제부터 내가 사는 게 아니라, 내 안의 그리스도가 살아야 한다'는 바울로의 고백을 잊지 말아야 한다는 대천덕 신부님의 말씀이 문득 떠올랐다. 신부님이 나에게 하고 싶었던 이야기의 핵심은, 대부분의 사람들이 이 몸의 주인을 알아보지 못한다는 것이었다. 나는 갑자기 울컥하는 감정이 솟구쳤다. 왠지 모를 설움에 북받쳐 눈물샘이 터질 것만 같았다. 나는 내가 외롭고 가련하다는 것을 왜 고백하지 못했던 것일까. 내가 얼마나 사랑받고 싶어 하는지 왜 말을 못하고 살아야 했던 것일까. 나의 진심이 무엇인지, 내가 정말 무엇을 간절히 바라고 있는지 깊이 생각하기 시작했다. 그러고 보니 나는 단 한 번도 나를 사랑하지 않았던 것 같았다. 내 안의 나를 철저히 외면했고, 나약한 내 모습을 감추기 위해 냉정하게 살아왔다. 부모로부터 사랑받지 못했다는 열등감에 나 자신을 얼마나 학대해 왔는지, 순간 뺨을 타고 눈물이 흘러내렸다.

에고의 장난에 놀아난 느낌이었다. 내 생각이 곧, '나'인줄 알고 살아왔는데, 대단한 착각이었다. 생각하는 내가 '참 나'인줄 알고 살았다. 내 안의 뿌리 깊은 탐욕스런 에고에 휘둘려왔다. 내 안의 거대한 욕망, 본능적인 욕구, 이기심과 적개심이 가득한 체 피해자 코스프레를 하고 있었다. 그럼으로써 참된 '나' 자신을 망각한 채, 그런 허튼 생각이 곧 '나'인 줄 알았다. 에고와 내 자신을 동일시함으로써 빚어진 어리석은 일들이었다. 나는 내가 잘못한 것이 아닌데 왜 죄인처럼 살아 왔을까. 하지만 이제부터 무슨 일이 일어나든지, 그것을 내 개인의 것으로 받아들이지 않도록 하겠다고 다짐했다. 내가 한 일이 아니었다. 이젠 온 마음을 다해 간절히 기도해야겠다. 하지만 기도를 어떻게 해야 하는지 아직 잘 모르겠다. 마음만 간절할 뿐이었다.

이런저런 생각으로 마음이 어지럽고 무거워 깊은 잠을 잘 수가 없었다. 새벽 5시, 가부좌를 틀고 묵상하던 순간 밖에서 차가 멈추는 소리가 들렸다. 뒤이어 깊은 어둠 속의 댓재 공원 주차장에서 사람들이 웅성거리는 소리가 들려왔다. 아마 어느 모임에서 무박산행을 하러 온 것 같았다. 누군가 토요일 밤늦게 관광버스를 타고 이곳 강원도 삼척까지 밤새도록 달려온 것이었다. 차에서 내리는 사람들을 보니 30명은 족히 넘을 듯했다. 댓재에서 출발하는 코스로 두타 · 청옥산행이 잘 알려져 있는데, 두타산과 청옥산을 넘어서 무릉계곡으로 하산하는 코스였다. 그들도 분명 그 코스를 목표로 온 것이라 생각했다. 두타산으로 가는 초입로가 산신각 처마 옆으로 이어져 있기 때문에, 그들은 내 텐트 옆을 지나쳐야 했다. 내 텐트 앞으로 지나가는 사람들이 이곳에서 잤느냐며 묻는 이도 있었고, 신기하다는 듯 다들 한마디씩 하고 지나갔다. 그중에 누군가 나에게 왜 혼자 다니느냐고 물었다.

나는 그저 쓴웃음을 지어 보이며 아무 대답도 하지 못했다. 가만히 생각해보니 사실 내가 왜 혼자 다니는지 나도 모르고 있었다. 나는 정말 혼자였나? 그것이 궁금했다. 젊은 사람이 참 대단하다고, 무섭지는, 쓸쓸하지는 않느냐고 묻는 이들도 있었다. 그들에게 나는 아무것도 묻지 말아달라고, 날 그냥 내버려 달라고 말하고 싶었지만 이내 마음속에 삼켰다.

그러다가 내 앞을 지나가는 무리 중에 낯익은 사람을 만났다. 어디선가 많이 봤다 싶었는데, 예전 산악회에서 여러 번 함께 산에 다녔던 '봉 선생님'이라는 분이었다. 이름까지는 기억나지 않았지만 성이 봉 씨였기에 우리는 '봉 선생님'이라고 불렀었다. 대한민국 땅덩어리가 아무리 작다 해도 이런 우연의 만남이 있을까. 산 좋아하는 사람은 산에서 만난다더니 참 신기했고, 기쁘면서도 놀라웠다. 봉 선생님은 중학교 교장으로 정년퇴임 후 열성적으로 산에 다녔다. 칠순을 넘긴 나이임에도 젊은 사람들 못지않은 체력을 가지고 있었다. 반가움에 인사를 드렸는데 봉 선생님도 헤드랜턴 불빛으로 나를 알아보았다.

"성정 군! 여기서 보니 반갑네. 백두대간 단독종주 한다는 소식은 들었네. 나는 나이가 들어서 먼저 천천히 올라가고 있겠네. 짐 정리되면 따라 오시게. 두타산 정상에 먼저 가 있을 테니 거기서 만나자구."

짧은 만남이었지만, 봉 선생님은 두타산 정상에서의 재회를 약속하며 일행들과 사라졌다. 여명이 세상을 물들이고 있는 시간이었음에도 보름달은 아직 서편 산마루턱에 걸터앉아 있었다. 나는 전지분유를 뜨거운 물에 넣어 풀어서 식빵과 함께 먹었다. 가볍게 아침을 먹으며 떠오르는 일출의 장관을 바라보았다. 일출의 황금빛 광선을 몸에 흡수하니, 움츠려 있었던 몸에 활력이 솟아났다. 한쪽에서는 해가 떠오르고 또 다른 한쪽에서는 달이 지고 있었다. 해와 달, 낮과 밤은 끊임없이 모습을 바꾸며 나타났다가 사라졌다. 뜨는 해와 지는 달의 교차되는 광경이 사뭇 신비해보였다. 뜨고 지고, 살고 죽고 하는 흥망성쇠의 이 모든 양과 음의 조화야말로 진리인 것인지도 몰랐다. 우주가 끊임없이 생성 소멸하며 윤회의 수레바퀴를 돌리고 있는 것이 아닐까 생각했다.

두타산 정상에서는 봉 선생님을 만날 수 없었다. 나는 다시 청옥산으로 향했다. 오른쪽 무릎에 통증이 있었지만 쉬지 않고 걸었다. 청옥산 정상에 가면 분명히 봉 선생님을 만날 수 있을 것 같은 느낌이 들었다. 사람이 그리웠던 나는 뭔가에 홀린 듯 산길을 거의 뛰다시피 걸었다. 무릎의 통증이 점점 심해졌지만, 청옥산 정상에 도착하니 다행히도 봉 선생님이 나를 기다리고 있었다. 다른 일행들은 무릉계곡으로 이미 하산한 후였다.

"성정 군! 어서 오게나. 한참을 기다렸네. 우리 일행들은 밑에 내려가서 하산주를 마시며 기다리기로 했어. 2시간 정도 시간이 있으니 우리 함께 식사하면서 얘기 좀 나누게나. 괜찮겠지? 여기 넓은 바위에 앉게."

봉 선생님은 배낭에서 유부초밥과 불고기를 꺼내놓았다. 봉 선생님이 가져온 음식을 함께 나누어 먹었다. 나는 산에서 음식을 나누어 먹을 때, 마치 하늘의 선물 같아서 좋았다. 산신령이 봉 선생님을 통해 선물을 보내준 것만 같았다. 봉 선생님은 식사를 마치고 배낭 안에 있는 보온병을 꺼내 준비해 온 따뜻한 원두커피를 따라주셨다.

"그래, 얘기는 들었네. 부산에서부터 지금까지 벌써 며칠 째인가?"

나는 대략 36일 정도 걸었다고 대답했다. 잠시 침묵이 흘렀다.

"그래, 아직도 히말라야에서 있었던 일들이 생각나는 건가?"

"이젠 많이 좋아졌어요. 제가 환영이 몫까지 잘 살아야겠다는 생각을 하게 되었습니다. 삶과 죽음의 의미가 무엇인지 뭐 그런 생각들을 가끔 해요."

"허허, 그렇군. 쉽지 않은 화두를 안고 있군. 그래서 좀 정리는 되었고?"

나는 엷은 미소를 내보이며 잘 모르겠다고 대답했지만 순례기간 중에 다짐한 것들, 나 자신을 사랑하기, 나에게 죄가 없다는 것,

내가 이토록 무모하게 걸어왔던 것도

바로 내 자신을 찾기 위함이었다.

나는 결코 헛되이 시간을 보낸 것이 아니었다.

내 안의 거짓된 나에게 휘둘리지 않겠다는 다짐들을 고백했다.

"그래, 보기 좋군. 아주 멋진 다짐들이야. 뭐니 뭐니 해도 자기 자신을 소중히 여기는 것이 제일 중요하지. 누가 뭐래도 자기를 사랑하고 보살피는 건 아주 중요해. 진정한 사랑은 자신을 조건 없이 사랑하는 것에서 시작하는 것이지. 성정 군이 아주 중요한 것을 깨달았어. 이번 백두대간 순례가 성정 군에겐 인생의 새로운 터닝포인트가 될 거야. 그리고 이젠 죄책감에서 벗어나서 자네 안에 깃든 그 거룩하고 신성한 씨앗, 그 씨앗에 물을 주고 보살펴야 할 걸세. 자네에겐 무한한 잠재력이 있다네. 무한한 가능성이 있어. 암, 그렇고말고! 사람들은 모두가 다 마찬가지야. 스스로 자학하지 말게나. 잘 해왔어. 다 지나가는 거니까 잘했든 못했든 붙잡으려고 하지 마시게. 누가 뭐래도 자넨 자네 아닌가. 자네가 아닌 무엇이 될 수는 없지 않겠어? 오직 자네 자신의 길을 가는 거지. 그만 기웃거리고 자신의 길을 가는 것이 중요한 거야. 어떤 희생을 치르더라도 주변에 휘둘리지 말고 열정이 시키는 대로 사시게. 자네가 다짐한 것들이 꼭 이루어지길 바라네."

봉 선생님은 내가 소중하고 거룩한 사람임을 기억하라고 하셨다. 그 무수한 수식어들을 붙이며 용기를 불어넣어 주셨다. 나는 아무것도 증명할 필요나 성취할 필요가 없었고, 그 무엇이 되어야 할 필요도 없었다. 그냥 내 모습대로 살면 된다는 것이었다. 누구와 비교할 것 없이 내게 주어진 길을 걸어가면 된다는 거였다. 나는 으쓱해졌다. 순간 대천덕 신부님으로부터 들은 이야기가 생각났다. 신부님은 육신이란 헌누더기에 지나지 않다는 것, 육체의 죽음과 영적인 죽음도 있다는 것, 몸은 성전이라고 하셨다. 내가 왜 그랬는지는 모르겠지만, 봉 선생님에게 순례 중에 만난 사람들로부터 들은 얘기를 마치 내 얘기인 것처럼 늘어놓았다.

"그래, 맞아! 오고 싶어 온 것도 아니고, 가고 싶어 가는 것도 아니지. 인생이란 그런 것이야. 생각해보게. 환영이는 이 땅 위에 살려고 어디로부터 온 것이냐, 이 짤막한 생을 살다가 어디론가 사라져 버렸지. 이렇게 한 길로 왔다가 또 다른 길로 가는 것이 인생인 거야. 울 것이 뭐가 있겠나? 이 생이 그러하면 저 생도 그러할 텐데."

봉 선생님은 환영이와 내가 얼마나 막역한 관계인지 잘 알고 있었다.

"태어남은 죽음으로 가는 과정이지. 태어난 모든 젊은이들은 백발의 노인을 향해 달려가고, 죽어가는 모든 사람들은 영원한 생명을 그리워하며 기도한다네. 사기꾼의 내면에는 하나님의 씨앗이 깃들어 있고, 성직자의 내면에 거지가 들어서 있기도 하지. 모든 것이 양면성을 가지고 있기 때문에 한 면만을 보아서는 안 된다네. 죽으면 끝이라는 생각은 착각이야. 우리는 모두 영적인 존재들이지. 빛 자체라네. 그 빛은 사라지는 성질의 것이 아니야. 그런데 사람들은 그 신비한 비밀을 까마득하게 잊고 살지. 환영이는 이미 자기 몫의 삶을 살다가 자기 길을 간 것이라네. 울 것이 뭐가 있겠나? 죽음이란 착각이야. 실체가 없는 거라네. 삶과 죽음이 동전의 양면처럼 분리할 수 없는 개념이거든."

순례 내내 가슴에 품고 다녔던 화두가 터져 나오는 것 같았다. 항상 궁금해 했던 내 안의 물음들에 대한 답이 펼쳐지고 있었다. 봉 선생님은 지금 이 순간 내가 꼭 들어야 할 말을 전해주기 위해 이곳에 온 메신저 같았다. 순례 중에 항상 놓치지 않고 부여잡고 있었던 삶과 죽음에 대한 화두를 사무치도록 붙들고 있었는데, 이렇게도 응답하는구나. 나의 절실함과 간절함이 달과 별과 해와 비와 바람에게도 얼마나 사무쳤는지 우주는 알고 있을 것 같았다. 미망의 어둠을 쫓아 버리는 빛처럼 정수리부터 발끝까지 전율과도 같은 감동이 찾아왔다. 마음이 한결 가벼워지면서 입가에는 미소가 번졌다. 헤어져야 할 시간이 다가오자 봉 선생님은 나를 꼭 끌어안으며 말했다.

"그래, 보기 좋군. 잘 하고 있어. 지금 이 순간 자네가 참 자유로워보여. 지금 그렇게 보이는 자네가 전부인 거야. 계속 그렇게 살게. 문제는 벌어진 상황이 아니라, 그 상황에 대한 해석이 중요한 것이라네. 삶이란 것이 풀어야 할 문제가 아니라, 경험해야 할 신비 같은 것 아니겠어? 인생은 간단해. 벌어지는 모든 걸 신비함으로 보면 신비인 거야. 행복이 어디에 있겠는가. 바로 지금 이 순간이야. 어디 가서 찾아 헤매야 할 그것이 아니라, 이미 내 안에 깃들어 있는 행복을 건져 올리기만 하면 되는 것이지. 이 순간의 행복이 쌓이면 행복한 미래가 되는 것이지. 두려워하지 말게나. 성정 군, 알고 보면 아무것도 아니라네. 주변을 기웃거리거나 눈치볼 것도 없어. 당당하고 떳떳하게 자신의 길을 가면 되는 거지."

봉 선생님과 헤어지고 난 후, 나는 고적대, 갈미봉, 이기령을 지나 상월산(970m)으로 넘어갔다. 그리고 동해가 바라보이는 소나무 밑에 최적의 야영터를 발견했다. 이 얼마나 꿈꿔 왔던 로맨틱한 야영이었던가! 삼척시의 야경과 밤바다 풍경이 훤히 내려다보였다. 어느덧 도시에 불빛이 밝아오고 바다를 항해하는 배들도 불을 켜기 시작했다. 북쪽 방향의 고루포기산과 노인봉, 백두대간 능선들도 보였다. 백봉령까지 이어지는 능선도 수려하게 뻗은 채로 꿈같은 풍경의 파노라마를 연출하고 있었다.

침낭 속에 들어가 누워 봉 선생님이 하신 말씀을 떠올렸다. 당신께서는 '행복을 찾아 어딘가로 떠나는 것'이야말로 행복에 대한 가장 치명적인 오해라고 하셨다. '행복이 어딘가에 있을 것'이라는 착각에서 불행이 시작된다는 말이었다. 행복이란 어디서 오는 것일까. 행복은 밖에 있는 그 무엇과도 상관이 없다. '직업을 바꾸면 행복하겠지', '저 사람과 마주하지 않으면 행복하겠지', '연인이 생기면, 결혼을 하면 행복하겠지', '어떤 무엇이 내 소유가 되면 행복하겠지' 이렇듯 우리가 원하는 무엇을 쟁취하거나, 욕망을 해결하면 행복해질 것이라는 건 착각이라는 것이었다. 지금 내가 행복하지 않은데, 미래의 나는 행복해질 수 있다고? 미래의 행복을 위해 지금의 불행을 선택하라고? 지금 당장 여기서 행복을 선택할 수 없다고? 그건 아닌 것 같았다. 대부분의 사람들은 행복을 다른 사람이나 바깥의 어떤 사물, 어떤 상황에서 찾을 수 있다고 보고 있을 뿐이었다. 하지만 봉 선생님의 말씀은 달랐다. 누구든지 자기 마음을 열면 지금 이 순간 여기서 행복을 누릴 수 있다고 했다. 행복이란, 찾아 헤매는 어떤 것이 아니라 선택하는 것이라고.

삽당령 할머니

순례 37일째 ⋯ 자병산·지도에서 사라지는 산

　　　　너무 추워 잠을 잘 수 없어 새벽 4시에 버너를 켜고 몸을 녹였다. 아직 어두울 시간이었는데 이상하게도 텐트 밖이 환한 것 같아 텐트 문을 열어보았더니 보름달이 밝게 빛나고 있었다. 구름 한 점 없는 하늘 위에는 보름달만이 가득했다. 마치 보름달이 새벽녘까지 내 곁을 지켜준 것만 같아 마음이 찡했다. 이내 저물기 시작한 보름달을 지켜보다가 따뜻한 차를 한잔 마셨다. 이제 어둠이 물러가는 시간이 됐다. 그러자 산굽이마다 안개가 자욱하게 들어차 운해가 펼쳐진 모습이 나를 기다리고 있었다. 마치 망망대해에 몇 개의 섬처럼 보이는 봉우리들만이 보일 뿐,

하얀 바다가 연출되고 있었다.

　백복령에 도착해 휴식을 취한 후 자병산으로 향했다. 자병산 일대는 임계카르스트 지형으로 석회암이 녹아서 형성된, 주로 산간지방에서 볼 수 있는 지형이었다. 우리나라의 강원도 영월, 평창, 삼척과 충청북도 제천, 단양 등지에 이런 지형이 발달되어 있지만, 이곳 자병산이 국내 최대 면적의 석회암 채굴장으로 유명했다. 동시에 석산개발사업으로 지도에 표기된 백두대간 산줄기가 끊겨 버려, 산이 통째로 사라져 버린 유일한 곳이기도 했다. 그렇게 자병산 일대가 통째로 깎여 나가고 있으니 아마 자병산은 그 자취를 곧 감출 것만 같아 안타까웠다. 자병산은 산새소리 대신 석회암을 잘게 부숴 버리는 거대한 파쇄기계의 소음과 굴삭기, 트럭 엔진 소리만이 우렁차게 울리고 있었다. 너무 암담했다. 개발로 백두대간의 중추적인 맥을 잇고 있는 자병산이 지도에서 사라진다니 믿기지 않았다.

순례 38일째 … 삽당령·등불이 나를 환하게 비출 때

　　　　아무래도 오른쪽 발목과 무릎이 심상치 않았다. 댓재에서 두타산, 청옥산으로 가려고 너무 서둘렀던 탓일까, 무리해서 걸었던 게 화근이 된 것이 분명했다. 무릎관절과 발목 통증

이 그 시점부터 점점 심해지기 시작했다. 그렇지만 봉 선생님을 만나고 내 안의 화두가 더욱 선명해짐을 얻었으니 그걸로 만족했다. 바게트 빵 반쪽을 먹고 텐트 밖으로 나가려니 오른쪽 발목과 다리에서 시작되는 통증이 허리와 등뼈까지 타고 올라오는 것 같았다. 나는 그 자리에 주저앉고 말았다. 도저히 움직일 용기가 나질 않았다. 그렇다고 여정을 중단하고 병원에 갈 수는 없었다. 무조건 걸어야 했다. 이제 열흘 정도만 더 걸으면 순례를 마칠 수 있었기에 이 고통을 이겨 내야만 했다. 한참을 쉬고 난 후에 다시 절룩이며 걷기 시작했다. 그런데 이를 악물고 두 시간을 걸었더니 갑자기 눈앞이 캄캄해지면서 더 이상 몸이 움직이지 않았다. 어제도 자병산 근처에서 죽다 살아났는데, 오늘도 쓰러지면 다시 일어날 수 없을 것 같았다. 어찌어찌 삽당령에 도착하고 나서야 마음 놓고 주저앉을 수 있었다. 하나님은 견딜 수 있을 만큼의 시련을 주신다는 대천덕 신부님의 말씀이 떠올랐다. 신부님을 만난 이후부터는 육체적인 고통이 찾아올 때마다 '고통에는 늘 고상한 목적이 있다'는 말을 곱씹게 되었다. 신부님이 말씀한 '고통 속에 숨겨진 하나님의 선물'이 무엇인지 그 비밀을 조금씩 알아가고 있었다. 그렇게 삽당령에서 넋을 놓고 쉬다가 주능선 왼쪽에 흐르고 있는 계곡물로 몸을 씻었다. 계곡 물속에서 다리를 주무르고 마사지도 해주면서 물장구를 쳤더니 심했던 통증이 한결 나아졌다.

이제 오후 5시가 넘어가면서 더위도 한풀 꺾이고, 통증도 괜찮아
지니 모든 게 축복처럼 느껴졌다.

몸도 마음도 여유를 찾고 나니 그제야 주변이 눈에 들어왔다.
계곡 건너편으로 삽당령 기도원이 보였다. 이 깊은 산중에 집터
는 삽당령 기도원뿐이었고, 이 기도원은 백두대간 주능선과 아주
가까이 있었다. 다시 산으로 올라가려는데, 갑자기 삽당령 기도원
대문이 열리더니 허리를 굽은 채 나오는 할머니와 눈이 마주쳤다.
왜소한 체구의 할머니는 지팡이도 없이 굽은 등을 억지로 세워가
며 나를 뚫어지게 쳐다봤다. 나는 할머니에게 가까이 다가가서
큰소리로 '안녕하세요' 하며 인사를 했다. 할머니는 나를 물끄러
미 쳐다보더니,

"총각은 어디서 왔네?"

"예, 저는 부산에서부터 산길만 타고 걸어왔어요. 집은 인천이
에요."

"근데 여긴 왜 왔네?"

"할머니, 죄송한데, 혹시 밥 좀 얻어먹을 수 있을까요?"

"밥을 안 먹었네?"

"예, 아직 밥을 안 먹었어요."

"그래, 위키 온나인, 위키 온나. 밥 먹고 가야제. 밥줄게."

할머니 말씨에는 강원도 강릉사투리 같은 억양이 섞여 있었다.

할머니는 기도원 안으로 나를 들이고 식탁에 앉으라 했다. 식탁 옆으로는 냉장고와 압력밥솥이 놓여 있었다. 할머니는 둥글게 굽은 허리를 세우고는 능수능란한 손놀림으로 단 몇 분 만에 밥상을 차려 내셨다. 찬밥과 된장국, 김치를 내놓는 솜씨가 마치 부드러운 바람처럼 자연스러웠다. 주름살과 백발머리를 보면 팔순은 넘으셨을 것 같은데, 말투에는 힘이 실려 있었다.

"움메나 배고플껴. 쿤내가 좀 나드래도 위키 먹그래. 마니 먹으라니. 왜 집 떠나 고생함매…… 고생을……."

할머니는 깊은 주름살이 느껴지지 않을 정도로 정정했고, 내가 하는 말도 잘 알아들으셨다. 간혹 내가 알아듣지 못하는 강릉사투리가 섞여 있었지만 말도 무척 잘하셨다. 밥을 먹고 난 후, 할머니가 가지고 가라고 주신 김치를 비닐봉투로 싸서 내 배낭에 챙겨 넣었다. 그렇게 식탁에서 일어나려 했을 때, 할머니는 내 손을 꼭 붙잡으며 말했다.

"총각! 하나님을 믿어야 해."

순간 잠시 당황했지만 할머니는 담뱃갑만 한 작은 책자를 내 손에 쥐어주며, 말하셨다.

"이 책 파득 보게시리. 잘 읽어 보시라우. 이거 읽으면 할망구 울메나 좋것잖소."

할머니가 건넨 손바닥만 한 소책자를 훑어보니 깨알처럼 작은

186

글자가 빼곡한 신약전서 4대복음서였다. 평상시라면 종교를 강요하는 사람들에게 거부감이 있었겠지만, 지금 상황은 이 소책자만 선물로 받으면 되는 것이었다. 문득 할머니의 하나님에 대한 확신은 어디서 오는 걸까 궁금해졌다. 뭐라고 말로 표현은 못하셨지만 할머니에겐 하나님에 대한 경외심과 절대적인 믿음이 있었다. 나는 감사 인사를 드리고 책을 받아 문밖으로 나왔다. 할머니는 대문 앞까지 마중 나오면서 간곡한 어조로 내게 다시 부탁하셨다.

"총각! 하나님을 믿어보시우야. 꼭 부탁하우. 하나님 믿으면 천국 갈끼래."

신앙심이 깊은 이 할머니의 전도방식은 대천덕 신부님의 그것과는 좀 달랐다. 특별한 설교를 하는 것도 아니면서, 할머니의 하나님에 대한 절대적인 믿음으로 내게 그 확신을 심어주고 싶었던 것 같았다. 손바닥만 한 작은 성경책을 받아 든 나는 이번 기회에 신약성서 4대복음서를 정독해봐야겠다는 굳은 의욕이 생겨났다. 그리고 오늘의 정박 장소의 텐트 안에서 촛불과 헤드랜턴을 켜고 시간 가는 줄도 모르고 성경책을 읽어 내려갔다. 예수의 말씀과 행적이 한 편의 경쾌한 드라마처럼 흘러갔다. 기적을 보인 장면들은 믿기 어려웠지만 그럴 수도 있겠다며 그러려니 생각했다. 단한 번도 하나님의 존재에 대해 생각해본 적이 없었던 내게 성경에 대한 관심을 끌게 한 건 대천덕 신부님의 영향이라고 생각했다. 성경책을 읽으면서 무수히 생소한 외래어와 문어체들이 낯설고 지루했지만, 사이사이에 와 닿는 문장들이 있어 책장을 넘기기엔 무리가 없었다. 누가복음까지 읽어 내려가다가 다음과 같이 적힌 문장을 발견하고 몇 번씩이나 다시 읽으며 가슴에 새겨 넣었다.

네 눈은 몸의 등불이다. 네 눈이 성하면 네 온몸도 밝을 것이요, 눈이 성하지 못하면 네 몸도 어두울 것이다. 그러므로 네 속에 있는 빛이 어둡지 않은지 살펴보아라. 네 온몸이 밝아서 어두운 부분이 하나도 없으면, 마치 등불이 그 빛으로 너를 환하게 비출 때와 같이, 네 몸은 온전히 밝을 것이다.
－누가 11장 33절～36절

5월의 어버이날과
나의 아버지

순례 39일째 ··· 닭목재·산산이 부숴진 아버지의 꿈

테트에 후두둑 후두둑 아침을 깨우는 빗소리가 들려왔다. 아침을 맞이했지만, 갑자기 두려움이 몰려왔다. 지금 아픈 다리를 잘 돌보지 못하면 평생 후유증을 안고 살아가는 건 아닌지 걱정스러웠다. 그런 걱정은 뒤로 하고 침낭 위에 누운 채 성경책을 꺼내들었다. 지쳐 있는 내게 비는 언제나 쉬어갈 명분과 게으름을 피울 핑계거리를 제공했다. 다리는 절뚝거렸지만, 지금까지 38일이나 걸어왔고 며칠 남지 않았기에 포기할 수도 없었다.

오늘도 비가 내린다는 핑계로 느즈막하게 출발했다. 두 나무지팡이에 의지해 중간 중간 쉴 때마다 다리 마사지를 해주면서 대화실산을 넘어 들미재와 석두봉까지 걸었다. 조금만 힘을 내자며 스스로 다독이며 하루 종일 지도상으로 12킬로미터를 걸어 화란봉을 지나 닭목재에 도착할 수 있었다.

닭목재에도 산신각이 있었는데, 이곳에는 처마 밑에 텐트를 칠 공간이 없었다. 그런데 산신각의 문이 잠겨 있지 않아 안으로 들어갈 수 있었다. 산신각 안은 눅눅한 황토 바닥이었고, 족히 100년은 묵었을법한 먼지들과 거미줄이 뒤엉켜 있어서 그런지 실내가 좀 음산하고 칙칙했다. 제사장 위에 모셔진 3개의 비석이 있었는데, 거미줄이 많은 것을 미루어 추측해보면, 꽤 오랜 기간 방치되어 있었던 것 같았다. 설마 오늘 밤 산신들이 왜 이곳에 들어왔냐고 따지지는 않겠지? 죽음도 두렵지 않은 내가 산신쯤이야 겁낼 일은 아니었다. 성경책을 읽기 시작하면서 하나님의 존재를 생각하기 시작한 건 정말 다행스런 일이었다. 이럴 때 성경책과 십자가가 그들을 몰아낼 것이라 굳게 믿었다. 산신각 안에 텐트를 설치하지 않고 실내에서 매트리스와 침낭만 깔고 자는 것만으로도 감사한 일이 아닐 수 없었다. 으슥하고 썰렁한 닭목재 산신각에서의 비박을 결정한 후, 먼지 쌓인 주변을 정돈하고 구석에 처박혀 있는 돗자리를 끄집어내어 냉기가 올라오는 흙바닥에 깔았다.

오늘은 온통 안개가 뒤덮인 상태로 비가 내리고 있어서 분위기마저 으스스했다. 갑자기 담배가 피우고 싶어져서 코펠에 밥을 안쳐 놓고 산신각을 나와 도로 쪽으로 나갔다. 지나가는 차를 세워 담배를 구하기 위해서였다. 이곳 415번 국도는 서쪽 골짜기 사람들이 닭목재를 넘어 강릉으로 가는 도로였다. 운이 좋으면 지나가는 차량을 만날 수 있었기 때문에 비를 맞아 가면서 도로가를 서성거렸다. 십 여분 정도 흘렀을까, 예상대로 승용차 한 대가 강릉으로 넘어가기 위해 닭목재로 오고 있었다. 안개 낀 도로가에서 어정쩡한 자세로 위험하게 서서 손을 흔들었다. 승용차는 나를 확인하고 멈춰 섰다. 비가 오고 있었기에 운전석에 앉아 있던 아저씨는 창문도 열지 않고 빨리 타라는 손짓을 했다. 내가 타기만을 기다리는 것 같았다. 나는 단지 담배 한 개비만 얻고 싶었는데 난처한 상황이 발생했다. 그래서 가까이 다가가 조수석 창문을 두드렸다. 창문이 열리면서 아저씨는 왜 빨리 타지 않느냐며 성을 냈다. 나는 담배 한 개비만 얻을 수 없겠냐고 말했더니 아저씨는 당황스러워하는 것도 잠시, 나에게 욕지거리를 한바탕 퍼부으며 차를 몰고 가 버렸다.

한 바가지 욕을 먹고 졸지에 미친놈이 되어 버린 나는 실성한 사람처럼 큰소리로 웃었다. 내가 입장을 바꿔 생각해봐도 아저씨가 왜 그랬는지 충분히 이해가 됐다. 몰골이 허접한 젊은 사람이 이 깊은 산중에서 귀신처럼 비를 맞고 서 있었으니 얼마나 당황했겠

백두대간 능선 위에 핀 야생화가

작열하는 태양 아래서 꽃향기를 가득 품고

왈칵 달려드는 순간,

그것이 바로 내가 걸어야 했던 이유였다.

는가. 그런 사람이 어이없게도 담배 한 개비만 달라고 했으니 그 누가 황당해하지 않았겠는가. 욕을 먹어도 아무렇지 않은 상황이었다. 그런데 욕을 먹고 나니 더욱 오기가 생겨 꼭 담배를 피우고야 말겠다고 벼르게 되었다. 지금 이 순간 담배 이외에는 내게 아무것도 필요치 않았다. 또다시 10분가량을 기다렸더니, 이번에는 1톤 트럭이 넘어오는 것이 보였다. 왠지 느낌이 좋았다. 트럭이라면 분명 농업하고 관련이 있을 테고, 대부분 담배를 태우는 분들이 많았기 때문에 그만큼 담배를 얻을 확률이 높았다. 내 예상은 적중했고, 트럭을 몰던 아저씨는 내게 담배 3개비를 주고 떠나셨다. 나는 들뜬 마음으로 산신각 문지방에 걸터앉아 담배를 피웠다. 마치 술 마신 사람처럼 어지럽고 세상이 빙글빙글 돌더니 눈물이 핑 돌았다.

비가 내리는 적막한 산신각 처마 밑에 홀로 앉아 라디오를 켜니 오늘은 어버이날이라고 알려주었다. 라디오 DJ가 부모님께 카네이션을 달아드렸냐며 멘트를 이어갔다. 그리곤 선곡으로 들려준 노래의 가사가 아버지와 아들에 대한 내용이라 애절함이 느껴졌다. 그 순간 나의 아버지가 떠올랐다. 얼마나 불쌍하고 가련한 내 아버지였던가. 6·25 전쟁고아로 부모님의 따뜻한 사랑도 받지 못했고, 우리 4남매를 키우다가 5·18 때에는 삼청교육대에 끌려가 고문과 구타까지, 얼마나 가련한 삶을 살아오셨던가.

아버지를 생각해서였을까. 그날 밤, 부모님이 꿈속에 나타났다. 하필 아버지가 술을 마시고 어머니를 때리고 있었다. 내가 산에 오르게 된 이유도 어찌 보면 아버지 때문이었다. 폭력적인 아버지 밑에서 벗어나고 싶었던 마음과 어머니를 때리는 아버지의 공포스러운 모습을 피하고 싶었다. 어린 시절, 나는 그 모습을 지켜보며 공포에 떨어야 했다. 술에 취하지 않았을 때의 아버지는 사랑이 넘치고 인자했지만, 술에 취하면 다른 사람으로 변해 있었다. 그렇게 어머니가 매를 맞을 때마다 이 순간이 빨리 지나가기를 그리고 어머니가 이혼하기를 바랐다. 그렇지만 어머니는 한사코 이혼만은 안 된다고 했다. 소위 말하는 '자식들 결혼할 때까지'였다. 애비 없는 자식이라는 손가락질을 받게 할 수 없다는 확고한 신념이 있었다. 그렇게 날마다 온몸에 멍이 들어 살면서도 자식들 미래를 걱정하며 견뎌 낸다는 것에 난 결코 동의할 수 없었다. 나는 어머니가 맞을 때마다 복수를 다짐했다. 가출도 시도했지만, 어머니가 걱정되어 여러 번 포기하기를 반복했다. 어머니 때문에 이러지도 저러지도 못하고 미성년을 벗어나서야 비로소 그렇게 원하던 아버지로부터 벗어날 수 있었다. 그렇게 살아온 4년. 나에게 아버지란 생물학적인 아버지일 뿐이었다. 부자간의 관계는 이미 끝나 있었다. 하지만 아버지를 증오할수록 아버지의 모습을 그대로 닮은 내 모습과 마주해야만 했다. 아버지를 원망하면서도 내 안에 있는 아버지의 모습에 소스라치게 놀랄 때가 많았다. 나는 그렇게 증오하는 아버지의 기질과 성향 등을 많이 닮아 있었다.

어찌 보면 아버지도 불쌍한 분이었다. 아버지는 갓 스무 살이 되던 해, 한 살 어린 열아홉 어머니를 만나 가정을 꾸렸고, 자수성가로 모든 것을 이뤘다. 그런데 시련이 찾아왔다. 1980년 5월 18일 광주항쟁이 터지면서 평생 씻을 수 없는 상처를 남겼다. 내가 초등학교 2학년이 되던 해였는데, 아버지는 동네에서 경찰들에게 붙잡혔고, 그들은 아버지를 어디론가 끌고 갔다. 5월 31일 전국비상계엄 상태에서 법원의 영장 발부 없이 체포되어 붙잡혀 갔다. 그리고 군법회의에 넘겨졌고, 국가보위비상대책위원회(국보위)가 사회정화정책이라며 아버지를 순화교육 A급 대상자로 분류했다. 마을에서 누군가의 모함과 밀고에 누명을 쓰고 이유도 모르고 잡혀간 것이었다. 아버지와 우리 가족에겐 평생 돌이킬 수 없는 사건이었다. 지독한 고문과 구타에 순화교육 대상자 4만 명 중 살아 돌아온 사람은 거의 없었다. 대부분이 죽어서 생사를 알 수 없었고 시신조차 확인할 수 없었다. 특히 A급 교화대상자는 거의 죽었다. 동네에서도 아버지는 돌아오지 않을 것이라는 소문만 무성했다. 4남매를 홀로 보살피던 어머니는 날마다 눈물을 삼켜야만 했다. 그래도 아버지는 기적적으로 살아 돌아왔다. 하지만 죽은 이와 다름없는 몰골이었다. 아버지는 무고한 누명을 쓰고 삼청교육대에 끌려가 죽기 직전까지 얻어맞았고, 살아 돌아온 것만으로도 천운이었다. 나는 그때 아버지가 몇 달 동안 거동도 하지 않고 방에만 누워 있었던 것을 기억한다. 병원에 입원할 형편이 되지 못해 어머니는 아버지의 대소변까지 받아내며 간호했다. 1년 여의 회복과정을 보낸 후, 아버지는 불구의 몸이 되었고, 슬픈 한국현대사의 피해자가 되었다. 그때부터 아버지는 술독에 빠져서 평생을 살았다. 트라우마를 지우기 위해, 국가에 대한 분노를 가라앉히기 위해, 억울한 심정을 술로 달래며 마시고 또 마셨다. 고아가 되어 단 한 번도 부모의 사랑을 받지 못했던 아버지, 이를 악물고 행복한 가정을 꾸려 열심히 살아보고 싶었던 아버지, 누구보다도 자식들에게 잘 해주고 싶었던 아버지의 꿈은 산산이 부숴졌다. 살림살이를 부수고 집어던지며 어머니를 때리던 것이 그때부터였다. 억울한 누명을 쓰고 삼청교육대 희생자가 되어야 했던 아버지가 살아 돌아와 세상에 불을 지르기 시작했다. 그 대상은 가장 소중하고 연약했던 가족이었다. 가족들은 저항할 힘도 없이 공포의 도가니에 갇혀 살아야만 했다.

대관령휴게소와

사골우거지국

순례 40일째 ⋯ 대관령휴게소 · 휴계소의 귀인

　　　　고루포기산(1,238m)을 출발해 능경봉과 대관령으로 가는 산길을 걷는 동안 마치 꿈속을 걷는 것만 같았다. 산길 주변의 진달래들 사이로 왜현호색과 나리꽃, 동의나물, 피나물, 제비꽃, 산괴불주머니 그리고 이름 모를 야생화 군락들이 흐드러지게 피어 있었다. 산기슭 전체에 야생화가 펼쳐진 그야말로 봄의 향연이었고, 숨이 멎을 만큼 아름다운 꽃들의 모습이었다. 그렇지만 함께 보며 나눌 누군가가 없다는 것은 아쉬웠다. 사람들 손길이 닿지 않는 곳에서 활짝 핀 봄의 야생화가 나의 여정을 위해

응원해주고 있었다.

　아름다운 야생화와의 만남을 뒤로 하고 어느덧 대관령휴게소에 도착했다. 휴게소 안에서 사람들의 입속으로 들어가는 음식을 보기만 했는데도 군침이 돌았다. 정말 먹고 싶은 게 너무나 많았다. 그들을 부러운 눈으로 쳐다볼수록 참을 수 없는 식욕이 올라왔다. 또다시 사람들에게 사정을 해봐야겠다는 생각이 들었다. 산거지의 기본은 구걸이 아니었던가. 지금 내게 창피하다는 생각은 낭비였다. 우선, 휴게소 안의 분위기를 살펴보아야 했다. 식당에서 일하고 있는 사람들의 면면을 살펴보고, 그중에 가장 인상이 좋고 선한 사람을 찾아 내가 공략할 타깃을 정확히 정해야 했다. 그들을 유심히 살피지 않는다면 퇴짜 맞을 확률이 높아지기 때문에 대상 후보군들을 주의해서 관찰했다. 식당 주방에는 네댓 명의 아주머니들이 흰 모자를 쓰고 무표정하게 일하고 있었고, 카운터에는 두 명의 젊은 여성이 있었다. 그중에 한 여성이 눈에 들어왔다. 얼굴에는 줄곧 미소를 지으며 손님에게 인사하고 응대하고 있었다. 그녀는 카운터에서 손님들의 주문에 따른 메뉴를 발주해주는 역할을 하고 있는 것 같았다. 나는 그녀가 나의 배를 채워줄 귀인이라고 생각됐다. 나는 그녀와의 거리를 차츰 줄여가며 다가갔다. 그녀 앞에 서는 순간, 내 가슴은 미친 듯이 두근거렸고 말문이 막혀 버렸다.

"저기요."

나는 수줍은 듯 겨우 말문을 떼었다.

"저…… 제가…… 지금 돈이 없어서 그러는데요……. 너무 배가 고파서…… 부산에서부터 지금까지 산줄기만 따라서 걸어왔거든요. 한 달 넘도록 변변히 먹지 못해서 그러는데……."

나는 겨우 입을 열었지만, 몇 마디 말조차도 질질 끌며 느릿느릿 시간을 끌었다. 마음 같아서는 더 자세히 내 이야기를 하고 싶었는데 내 말들은 떨렸고 심지어 더듬거리고 있었다. 헐! 내가 이렇게 초라하고 비참한 모습으로 그녀 앞에 서서 얼어 버릴 줄은 상상도 못했다. 왜 그때 말문이 막혔는지는 모르겠지만 말더듬이처럼 어눌하게 사정을 구하는 어리바리한 모습 때문이었는지 그녀는 오히려 웃음을 터뜨렸다. 한참을 내 앞에서 웃더니 더 설명하지 않아도 된다는 듯이, 다 알아들었다는 표정으로 내 말을 끊으며 대답했다.

"잠시 만요. 사장님에게 물어봐 드릴게요. 저기에 잠시만 앉아 계세요."

그녀는 하던 일을 중단하고 식당 안에 있는 한 아주머니에게로 갔다. 그녀가 왜 웃기만 했는지 알 수 없지만, 절반의 성공은 이룬 것 같았다. 한참을 서성거리며 기다렸더니 그녀가 주방에서 웃으며 나오면서 나에게 다가왔다. 나는 긴장하고 있었지만, 그녀는

운명에 굴하지 않고

자신이 원하는 대로, 생각하는 그대로

제 삶을 디자인해 나가는 사람들이야말로

보물찾기의 달인들이었다.

밝게 웃고 있었다. 그녀의 웃음에 나는 또 한 번 가슴이 미친 듯이 뛰었다. 그녀가 더욱 밝게 웃으며 나에게 물었다.

"뭐 드시겠어요. 사골우거지국 드리면 될까요?"

"예. 뭐든지 주시면 감사하겠습니다"

화장기 없이도 아름다운 그녀의 모습에 조금 마음이 흔들렸다. 그렇지만 내 몰골로 어찌 그녀를 맘에 둘 수 있을까. 40일 넘게 산에서 생활해왔던 내 모습에 어느 여자가 관심이 있을까 싶었다. 괜한 나의 마음을 단단히 붙들어 매며, 그녀가 사골우거지국을 발주하는 모습을 보았다. 그리곤 영수증을 내게 건네주었다. 나는 이상하리만치 꿀먹은 벙어리가 되어 감사의 말도 제대로 전하지 못했다. 사골우거지국은 커다란 가마솥에서 펄펄 끓고 있었고, 반찬들은 이미 종지그릇에 담겨 나를 기다리고 있었다. 공짜밥이 바로 차려지니 그녀가 직접 쟁반에 담아 가져왔다. 나는 고개만 움직여 인사를 하고는 밥을 먹기 시작했다. 밥을 먹으면서 갑자기 눈물이 핑 돌았다. 너무 허기가 져서 그랬는지, 그 무엇으로도 표현할 수 없는 맛이었다. 이렇게 맛있는 음식을 먹지 못하고 인스턴트로만 끼니를 때운 순간이 너무 억울했다. 나는 왜 날마다 맛볼 수 있는 이 맛있는 것을 외면하고 인스턴트 식품으로만 이 긴 순례길을 걸어야만 했을까. 원초적인 욕구를 충족시켜주는 이 맛의 행복을 저버리고 고생스럽게 뭐하는 것인가. 이번 순례가 끝나면 세상의 모든 맛집들을 여행하리라 마음먹으며 나를 다독이고 위안해야만 했다.

식사를 마치고 나는 화장실로 달려가 부리나케 단장을 했다. 나에게 고마움을 베푼 그녀에게 다시 가서 감사의 인사를 전하고 싶었다. 그러나 거울로 마주한 내 모습은 정말 눈 뜨고 볼 수 없을 정도였다. 온통 까매진 피부와 떡진 머리카락, 며칠째 변변히 닦지도 못했으니 당연한 결과였다. 급한 대로 비누도 없이 물로만 머리를 감고 세수를 했다. 머리카락을 뒤로 넘기기도 하고 옆으로 넘기며 머리 손질을 해보았지만, 머리카락이 떡지고 뭉쳐서 스타일이 제대로 나오지 않았다. 잘 생겨 보이기 위해 거울을 자세히 들여다보며 매무새를 가다듬어 보았지만, 붉게 탄 얼굴은 정말 볼 상사나웠다. 그렇게 조금이나마 매무새를 가다듬고 다시 식당으로 돌아갔다. 그리고는 배낭 속 수첩 사이에 고이 넣어둔 마른 꽃잎을 꺼냈다. 지난 20일 동안 산길을 걸으며 모아 말린 야생화 꽃잎 15종이었다. 여러 가지 모양의 야생화 꽃잎들을 그녀에게 감사의 마음을 담아 선물하고 싶었다. 내겐 아주 소중한 보물이었지만, 카운터의 그녀에게 선물로 주고 싶었다. 하지만 그녀 앞에 서자마자 이내 다시 내 몸은 얼어 버리고 말았다.

나는 그녀 앞에서 또 말을 잇지 못하고 또다시 얼버무렸는데, 그 바람에 그녀의 함박웃음을 다시 볼 수 있었다. 나는 순례 중이라서 꼴이 이런 것이라고 변명하고 싶었지만, 그조차도 말이 터지지 않아 손에 든 선물을 그녀 앞에 불쑥 내밀었다.

"어머? 이게 뭐예요? 오! 야생화 꽃잎이네요. 감사해요. 너무 예뻐요. 잘 받겠습니다. 고맙습니다. 여행 잘 마무리하세요."

마른 야생화 꽃잎 화집을 받아 든 그녀는 내게 또다시 미소를 건네며 인사했다. 그녀가 나의 순수한 마음을 그대로 받아주고 이해해주길 간절히 기도하며, 뿌듯하고 당당하게 돌아서서 헤어졌다. 걷는 내내 이상하게도 그녀를 생각하면 발걸음이 가벼워졌다. 하지만 이대로 이 길을 떠나면 다시는 그녀를 볼 수 없다는 생각이 들었다. 그 생각 때문이었는지 대관령 푸른 초원에서 갑자기 무기력해지고 힘이 빠져 버렸다. 대관령 목장을 넘어가던 길목에 주저앉아 망연자실 하늘만 바라보다가 그녀에 대한 망상이 사그라질 즈음, 비로소 나는 걸음을 다시 재촉했다.

선자령으로 가는 길에 텐트를 쳤다. 대관령 목초지엔 아름다운 풍경이 펼쳐져 있었다. 침낭 속에 들어가 뒤적이며 대관령휴게소의 그녀를 생각했다. 혼자 걷는 여정이 너무 힘들고 외로웠던 탓일까. 휴게소에서 만난 그녀와 친구처럼 이 길을 걷는다면 얼마나 좋을까 생각했다. 그녀에게 내가 만난 달과 별들의 이야기를, 밤낮으로 변화하는 우주의 이치도 알려주고, 비와 바람과 숲의 적막과 새들과 풀벌레들의 비밀을 들려주고 싶었다.

산장지기 성 대장과
내 친구 지인이

순례 41일째 ··· 백두대간의 야생화 · 내가 걷는 이유

　　　　추위 때문에 여러 번 잠에서 깨어 고통스러운 시간을 보내야만 했다. 그렇게 뒤척이다 새벽녘이 되어서야 일어나 버너를 켰다. 아직 밖은 어둠이 짙었다. 어두운 밤의 추위가 사라지려면 날이 밝아야 할 텐데, 아직 날이 밝으려면 한참을 기다려야 했다. 텐트 밖으로 나갔더니 밤새 강릉 시내의 어둠을 밝혔던 도시의 불빛들이 하나둘씩 사라지고 있었다. 그 순간 황금색 새벽빛이 불빛이 사라진 공간을 채우기 시작했다. 수평선 위에는 오징어잡이 배 몇 척이 바다 위에서 빛나고 있었다. 그들은 먼 바다

에 나가 어떤 보물을 건져 올리고 돌아오는 걸까. 하늘엔 아직도 밤이 물러나고 있는 줄도 모르는 새벽별들이 반짝이고 있었다. 이 한 폭의 아름다운 풍경을 어찌 말로 표현할 수 있을까. 난 자연의 아름다움 앞에서 더 바랄 것이 없는 삶임을 깨달았다. 난 지금 이 순간 아무것도 원하지 않았다. 그러고 보면 행복하기란 얼마나 쉬운 것이었던가. 지금 이 순간 행복을 선택하기만 하면 되는 것을. 나는 참 행복한 사람이었다. 교실에서 배울 수 없었던 것들을 산과 혼연일체가 되어 자연 그대로의 사랑을 배웠고, 이 땅의 숭고한 자연의 이치를 하나둘 터득했다. 내가 이토록 무모하게 걸어왔던 것도 바로 내 자신을 찾기 위함이 아니었던가. 나는 결코 헛되이 시간을 보낸 것이 아니었다. 이 순례기간 중에 대자연의 순리를 온몸으로 체험하고 있지 않은가. 바다와 하늘에서 빛나는 저 밤배와 새벽별, 그 아름다운 교접을 하염없이 바라보고 있자니 인간이란 얼마나 하찮은 존재인가 생각했다. 그것은 나를 겸손하게 했다. 산은 내게 아무것도 말하지 않았지만 참된 것이 무엇인지 자연 그대로의 진실을 알게 해주었다. 내 안에서 타오르는 의식의 불꽃들을 품어주며 대자연의 이치를 보여주었던 백두대간, 백두대간 능선 위에 핀 야생화가 작열하는 태양 아래서 꽃향기를 가득 품고 왈칵 달려드는 순간, 그것이 바로 내가 걸어야 했던 이유였다. 나는 자연으로부터 영감을 받았고 모든 것을 너그러이 사랑할 줄 아는 지혜를 익히고 있었다.

순례 42일째 … 노인봉 산장지기 · 4차 구간의 마지막

시간적인 여유가 있어 노인봉 정상 밑에 있는 산장에서 쉬어 가기로 했다. 그곳에는 산장을 관리 운영하는 산장지기가 있었는데, 그 산장지기가 어떤 사람인지 나는 여정을 떠나기 전에 익히 들어서 알고 있었다.

산장지기는 성량수 대장으로 1980년대 초반에 낙동정맥 백두대간 순례를 했던, 백두대간의 선구자로 불리는 사람이었다. 1984년 겨울에는 남난희 씨가 여성산악인 최초로 낙동정맥을 따라 백두대간을 단독종주 했을 때, 성 대장은 그 종주를 총괄지휘했던 배테랑급 산악인이었다. 남난희 씨는 혼자서 76일 동안 걸었던 등반 기록을 《하얀 능선에 서면》이라는 책으로 출판하기도 했다. 나는 그 책을 보면서 그녀가 묘사한 성량수 대장의 성격을 간접적으로나마 알게 되었다. 그 책에서는 성량수 대장을 혹독한 사람으로 묘사해 놓았다. 그를 모르는 독자들의 입장에서는 부정적인 편견을 갖기에 충분했다.

허름하고 퀴퀴한 산장 내부에 들어서자 성 대장은 갑작스럽게 문을 열고 들어선 나를 멀뚱히 앉아 지켜봤다.

"대장님 안녕하세요? 부산부터 지금까지 42일째 백두대간 완주 중입니다."

성 대장님은 예리한 눈빛으로 나를 날카롭게 쏘아보며 시큰둥한 반응을 보였다.

"완주는 무슨, 그게 무슨 얼어 죽을 완주냐! 그래봤자 반쪽짜리인데. 다들 뭘 그리 호들갑을 떠는지, 참."

그는 미동도 하지 않고 대뜸 혼쭐부터 냈다. 혹시 뭐가 잘못되었나 싶은 생각이 들었다. 생각해보면 틀린 말은 아니었지만, 성 대장은 백두대간을 종주하는 산악인들에게 뭔가 심술이 난 듯 보였다.

"여기 와서 술이나 한잔 먹고 가."

나는 내키지는 않았지만 그렇다고 사양할 수는 더더욱 없었다. 산악계의 한참 어린 후배 입장이었기 때문에, 어쩔 수 없이 그의 기분과 분위기에 맞춰야 할 것만 같았다. 가끔은 원하지 않는 보시를 기꺼이 받아야 하는 경우도 있었고, 흔쾌히 기쁜 마음을 내보이며 받아야 할 때도 있었다. 나는 성 대장의 심기를 건드리지 않도록 주의를 기울이며 술잔을 받았다. 아주 귀한 돌배주라며 시에라컵에 넉 잔을 돌렸는데, 취기가 빠르게 올라왔다.

내가 조금은 편해졌는지, 성 대장은 아내를 만나 결혼하게 된 이야기도 들려주었다. 어느 날 산 속에서 다 죽어가는 여인을 살려줬는데, 그 여인이 지금의 아내라는 것이었다. 아내에게 성 대장은 그야말로 생명의 은인이었다. 만약 그때 성 대장을 만나지 못했다면 하이포서미아(저체온증)로 어떻게 되었을지도 모를 일이었다. 그 인연으로 연인이 되었고, 결혼까지 하게 되었다고 했다. 평생 결혼은 꿈도 못 꾸고 살 것만 같았던 산장지기의 인생에 아내와 두 딸과 함께 행복한 가정을 이뤘다. 하지만 정작 자신은 산을 떠날 수 없어 산장지기 생활을 하며, 가족과 떨어져 지내고 있었다. 마치 소설 속에서나 나올 법한 이야기였다.

진고개에서 지인이를 15시경에 만나기로 한 약속 때문에 성 대장과의 낮술은 접고 노인봉 산장에서 진고개로 하산했다. 나의 계획상 4차 구간도 오늘이 마지막이었고, 이제 일주일 정도만 더 걸으면 49일간의 모든 일정은 끝이었다. 오늘은 친구 지인이를 만나 5차 구간을 위해 지원을 받는 날이었다. 아, 오늘을 얼마나 기다려 왔던가. 식량도 어제부터 모두 바닥나서 누룽지와 행동식으로만 버티고 있었다.

한 시간 만에 하산코스로 내려와 지인이와 만났다. 나의 마지막 5차 구간 식량과 장비보급을 위해 또다시 인천에서 이곳까지 와준 지인이가 정말 고마웠다. 지인이는 5차 구간에 필요한 일주일치 식료품들을 날짜별로 포장해서 가져왔다. 지인이와 나는 동대산 정상까지 함께 올라가서 하룻밤을 묵기로 했다. 지인이와 함께 동대산 정상에 도착하니 저녁 6시가 되어 가고 있었고, 우리는 숙박 장소로 낙점해둔 산불감시초소의 철제사다리를 타고 초소 안으로 올라갔다. 2평 남짓한 바닥에 은박매트와 매트리스를 깔고 프라이팬에 삼겹살을 굽고 준비해 온 음식을 먹기 시작했다.

"지인아! 고마워. 너밖에 없구나. 친구가 있어 좋다. 이 놈아!"

"됐어, 네 몸 관리나 잘 해. 네가 고생이 많지. 나야, 뭐, 아무것도 아니야."

지인이와 오랜만에 즐겁게 대화를 이어갔다.

"나 순례 마치고 나면 집으로 돌아갈 거다. 길을 걸으며 많은 생각을 했어. 돌아보면서 아버지도 나를 무척 사랑하셨다는 걸 알았지. 표현하는 방법이 좀 서툴렀던 것뿐이라는 걸 말이야. 많이 외롭고 불쌍한 분이야. 내가 잘 모셔야 할 것 같아. 지난 4년간 못 만났던 어머니도 많이 보고 싶어졌어."

"그래, 잘 생각했다. 집도 절도 없이 떠돌면서 사는 네 모습이 그리 좋아보이진 않았어."

"그래, 알아. 가진 것도 없이 몸 하나만 믿고 이곳저곳 많이도 돌아다녔지. 이젠 돌아갈래."

순례의 의미가
완성되어 가다

서울로 돌아가야 하는 지인이와 포옹으로 인사를 대신하며 다시 한 번 뜨거운 우정을 확인했다. 지인이는 진고개 방향으로 내려갔는데, 그 길로 중년으로 보이는 한 남자가 올라왔다. 평일에는 사람을 만나기 어려웠지만, 주말이면 상황은 달랐다. 일요일이 되면 산에서 사람들을 많이 만날 수 있었다. 그날이 바로 오늘이었다. 산에서 만나는 사람들은 언제나 반갑기에 기쁘게 인사를 나눴다.

"어디에서 오셨어요?" 내가 물었다.

"주문진에서 오는 길입니다. 어? 배낭이 아주 크네요. 보아하니 장기산행을 하고 있는 것 같은데. 맞나요?"

"예, 지금 백두대간 순례 중이에요. 벌써 40일을 넘게 걸어왔어요."

"오? 그렇군요. 참 대단하네요. 요즘 젊은이들이 산에 많이 다녔으면 좋겠는데, 원체 몸을 움직이려 하지를 않아요. 산이 참 좋은 곳인데. 얼마나 좋아요. 공기도 맑고 풍경도 멋있고."

말투에서 차분함이 느껴졌다. 그는 내게 다가와 앉더니 가져온 음식들을 펼쳤다. 김밥과 과일들을 펼쳐놓고 내게 함께 먹자고 했다. 나는 체면치레할 상황이 아니었기에 그가 가져온 음식들로 함께 밥상을 차린 후, 인정사정 볼 것 없이 김밥을 집어먹기 시작했다. 함께 음식을 먹으면서 이런저런 이야기를 나누던 중 그가 전직 교사였다는 것도 알게 되었다. 아저씨는 도시에서 교사생활을 하다가 조기퇴직 후 강릉 주문진으로 이사 오게 되었다고 했다.

"서울에서 이십 여 년 간 중학교 선생 일을 했죠. 지금은 주문진으로 이사 와서 교육사업을 하고 있답니다. 주말이면 이렇게 가끔 등산을 하죠. 아내와 아이들은 산을 별로 안 좋아해서, 혼자 다닌답니다. 산에 오면 참 좋아요."

"아, 그러시군요. 학교 선생님이셨네요. 선생님이신 것 같았어요. 말씀하시는 분위기가 그렇게 느껴졌어요."

"허허, 그런가요? 그런데 젊은 친구는 어떻게 순례를 하게 된 거죠? 그것도 부산에서부터 지금까지 걸어왔다고요? 40여 일을 지금까지?"

"예, 저는 좀 사연이 많아요. 고등학교 2학년 때, 그때가 5월 15일 중간고사 전날인 일요일이었는데, 학업 스트레스 때문에 충동적으로 자살한 친구가 있었어요. 엄마가 공부 좀 하라고 잔소리를 했는데 외출하고 돌아와 보니…… 외동아들이 죽어 있었던 거예요. 성격도 좋고 활발했던 짝꿍이었어요. 정준호라고…… 잊히지 않는 이름이죠. 그리고 또 작년 가을에는 히말라야 원정등반에서 만년설 속에 친구를 묻고 왔어요. 그렇게 친구를 보낸 후 인생이란 것이 정말 살 만한 가치가 있는 것일까 회의감에 빠질 때가 많았어요. 어떻게 사는 게 잘 사는 건지, 무엇을 하면 행복하게 살 수 있는지 순례 중에 깊이 생각해보고 있습니다. 제가 산을 아주 좋아해서 그런 생각들을 정리 좀 해볼까 하는 마음으로 이 여정을 시작하게 된 것 같아요."

"그런 슬픈 사연이 있었군요. 안타깝네요. 그 큰 고통들을 잘 견디어 왔겠군요."

"선생님! 제가 항상 고민하고 있는 것 좀 여쭤도 될까요? 교육이란 도대체 뭔가요? 저는 진정한 교육이 무엇인지 알고 싶어요. 중·고등학교 때 배운 것들이 우리 삶에 얼마나 도움이 되는지 모

르겠어요. 사회에 나오면 내 인생이나 실제 생활에 별 도움이 안
되는 것 같거든요."

"맞아요. 나도 동의해요. 교직생활 20년을 했지만 충분히 공감
해요. 왜 우리들은 교육을 받기 위해 경쟁하고 대립하는 것인지.
단순히 무슨 시험에 합격하고 좋은 일자리를 구하기 위해서인지.
일자리를 구하고 생계수단을 마련하는 것은 필요하지만 그것이
전부일까? 그것이 교육의 목적일까? 우리들은 오직 그 목적만을
위해서 교육을 받아야 하는 것일까? 분명히 삶이란 놀랄 만큼 광
범위하고 심오한 무엇이지 않은가. 만일 교육이라는 것이 그냥 밥
벌이를 하기 위한 준비 정도라면 삶의 가치와 의미는 무엇일까?
이 변화무쌍하고 예측 불가능한 삶을 이해한다는 것은, 시험 준
비나 하고, 수학이나, 물리학이나, 영어보다도 훨씬 더 중요하지
않을까? 이런 질문들은 아주 중요하죠. 교육이란, 무엇이 참된 것
인지를 스스로 발견하는 과정이어야 하거든요. 그 과정을 돕는
것이 바로 교육이죠. 분명히 교육의 기능이란 저마다 두려움 없이
자유롭게 살아가도록 도와주는 것이어야 하는데, 일선 공교육의
현장에서는 그런 개념을 가르치기가 쉽지 않아요. 하지만 교육은
이 광활한 삶의 전체 과정 속에서 저마다 두려움 없이 살아갈 수
있는 능력을 키워주는 거예요. 자기 인생을 스스로 책임지며 무
한한 창조의 세계로 날아가도록 도와주는 것이 교육이죠."

"그런데 학교에서는 왜 그런 교육을 하지 않는 걸까요? 부모님과 이 사회는 내가 안전하게 살기를 바라고, 좋은 직장에 들어가기를 바라고, 체제에 순응하기를 바라죠. 제가 어떤 사람인지, 제가 무엇을 원하는지, 제가 어떻게 해야 행복할 수 있는지는 관심이 없어요. 저는 자유로운 영혼인데 말이죠. 구속받고 싶지 않거든요. 무조건 외워야 하고, 점수 잘 받고, 경쟁에서 이겨야만 하고, 결혼 잘해서 가정을 꾸리고 아이를 낳아야 하고, 좋은 집과 좋은 차를 가져야만 하고, 돈도 많이 벌어야 하고, 그런 게 교육인가요? 저는 좀 자유롭게 살고 싶고, 내가 원하는 대로 살고 싶고, 자연 속에서 편하게 살고 싶어요."

"오랜만에 멋진 친구를 만난 것 같네요. 부모님이나 선생님이 하는 말을 따르기는 쉬운 일이지만, 자신의 길과는 다를 수 있죠. 거기에는 언제나 두려움이나 불안이 있어요. 하지만 무엇이 참된 것인지를 발견하는 사람은 끊임없이 묻고 또 묻는 사람들입니다. 어떤 전통을 따르는 자가 아니라, 현실에 안주하지 않고, 끊임없이 반항을 하는 자들이죠. 무엇이 참된 것인지를 스스로 발견할 수 있도록 질문을 해야 합니다. 의심을 품어야 하죠. 그 의심은 나쁜 게 아닙니다. 오히려 과학적이고 합리적이죠."

나는 선생님의 말에 크게 공감했다. 그동안 내가 만났던 학교 선생님의 이미지와는 확연히 달랐다. 학교 선생님들은 단 한 번도 이런 이야기를 해주지 않았다. 교육에 대하여 이렇게 실사구시의 입장으로 얘기하는 선생님을 처음 만났다. 한마디 한마디 가슴속에 그의 말을 깊이 새겼다. 전직 선생님이었다는 말이 믿겨지지 않았다. 제반 교육의 부조리함을 견딜 수 없던 나는 '진정한 교육이란 무엇일까?', '이런 교육이 아닌 다른 교육은 없는 것일까?'에 대해 항상 고민해왔다. 나의 방황은 거기서 출발했고, 산을 만나게 되는 계기가 되었다. 하지만 지금 내 앞에 나타난 이 사람이 나의 궁금증을 명쾌하게 정리해주고 있었다.

"두려움 없는 삶을 살도록 도와주는 것이 교육의 참된 목적입니다. 삶을 위한 교육이어야 하죠."

그 선생님과 헤어지고 난 후, 약 6.7킬로미터 가량 이어진 두로봉까지 걸어갔다. 온 사방에 얼레지 군락이 펼쳐져 있었다. 아, 무심히 지나가던 산길에서 왈칵 달려드는 이 꽃내음이 내가 살아야 할 이유를 말해주는 듯했다. 내딛는 발걸음마다 꽃밭에서 풍기는 향기는 내가 행복하게 걸을 수 있는 원천이었고, 그런 삶이라면 살아갈 만한 충분한 가치가 있었다. 아름다움을 볼 줄 아는 눈, 그 눈을 간직한 사람은 참 행복한 사람이라고 생각했다.

1296봉을 내려가면서 나는 집채만 한 바윗덩이를 만났다. 나뭇가지 사이로 무언가 밝은 빛을 발하고 있었다. 그 바위는 다가갈수록 바위 자체에서 빛을 내며 움직이는 각도에 따라 눈부실 정

나는 순례를 시작하면서

매일 저녁에 죽고 아침이면 되살아났다.

나는 그렇게 하루하루 부활하며 나아갔다.

도로 밝은 빛이 내고 있었다. 이 바위는 한낮에 열기를 모아 두었다가 밤이 되면 그 빛을 내뿜었다. 아무도 찾지 않는 높은 산중에 홀로 빛을 발하는 금광석이었다. 황금빛을 품은 이 거대한 돌덩이는 수천수만 년 동안 태양과 바람과 달과 별의 노래를 들으며 살아왔을 것이다. 이것이 그토록 찾아 헤매던 보물이었던가. 비록 소유할 순 없었지만, 신비스런 바위 앞에서 문득 순례의 의미가 완성되어 감이 느껴졌다. 심연에서 허우적거리던 내 영혼이 빛을 발하는 순간이었다. 보이는 자만 볼 수 있는 한낱 거대한 바윗덩이가 금광석으로 보이는 순간, 내 순례의 의미가 완성되고 있었다. 금광석의 존재를 믿지 않는 사람들에겐 눈앞에 놓인 이 바윗덩이가 한낱 거대한 돌덩이로만 보일 것이었다. 삶이란 어쩌면 간절히 원하는 마음으로 진실의 눈을 뜨고 보물을 찾아 떠나는 여정이 아닐까. 그러한 의미에서 나의 순례는 보물을 찾는 과정이었다. 그 보물이 무엇인지, 어디에 있는지는 잘 모르지만 포기할 순 없었다. 어쩌면 우리는 모두 자신에게 주어진 운명 속에서 보물을 찾아가고 있는 것은 아닐까? 아무도 가르쳐주지 않는 자신만의 보물을 찾기 위해 오직 혼자서 나서야 한다. 그런 삶을 창조해 나가는 이의 삶은 정말 멋진 인생이지 않을까. 운명에 굴하지 않고 자신이 원하는 대로, 생각하는 그대로 제 삶을 디자인해 나가는 사람들이야말로 보물찾기의 달인들이었다.

나라는 존재와
마주하다

순례 44일째 ··· 구룡령 · 나누는 삶의 의미

　　　　이미 수평선 위로 태양이 떠오르며 주변을 붉게 물들이고 있었다. 나는 태양의 기운을 온몸으로 받아들이며 몸과 마음을 다시금 추스렸다. 스물셋 젊음은 하루 이틀 잠을 못 자도 견딜 만했다. 치통 때문에 밤새 고생은 했지만, 아침이면 내 몸은 다시 충전되어 태양처럼 타올랐다. 아침식사를 죽으로 대신하며 숲속 새소리의 선율에 마음의 주파수를 맞추었다. 이것은 온종일 걸어야 하는 순례자로 탈바꿈하기 위한 나만의 의식 같은 절차였다. 나는 순례를 시작하면서 매일 저녁에 죽고 아침이면 되살아났

218

다. 나는 그렇게 하루하루 부활하며 나아갔다.

만월봉(1,281m)에 도착하여 바라본 남쪽 풍경이 한 눈에 들어왔다. 두로봉부터 오대산의 노인봉, 멀리 황병산까지 보였다. 지나온 길을 돌아보니 땀 흘린 보람과 감회가 느껴졌다. 내가 지나온 능선들을 마음속에 깊이 되새기며 다시 응복산(1,359m)으로 향했다. 약수산(1,306m) 정상에서 보니 점봉산과 설악산 능선이 보였다. 이제 순례가 얼마 남지 않았음을 실감할 수 있었다. 지금까지 44일간 순례를 해왔으니 앞으로 5일만 더 걸으면 되었다.

구룡령으로 가는 길에 빗방울을 만났다. 동해에서 들려오는 천둥소리로 짐작컨대 곧 폭풍우가 몰려올 것 같았다. 마침 구룡령에서 1톤 트럭을 몰며 어묵이며 감자전, 컵라면을 파는 아주머니를 만났다. 비를 맞은 나에게 따끈한 어묵국물을 건네주시면서 몸을 녹이라며 챙겨주셨다. 나는 따뜻한 국물로 체온을 유지하기 위해 눈치 없이 여러 번 국물을 리필했다. 그러다 아주머니가 주전자 수증기로 손목에 화상을 입었다는 얘길 듣고는 비상의약품으로 기지고 다니던 화상용 연고를 드렸더니 기뻐하셨다. 산에서 만나는 사람들마다 내게 도움을 주었지만, 이번에는 나도 이렇게 도움을 줄 기회가 있음에 행복했다. 지금은 내가 이렇게 산의 정령과 산사람들의 은혜로 순례를 이어왔지만, 앞으로는 그 은혜를 세상에 돌려주는 사람이 되어야겠다고 다짐했다. 세상에 공짜가 어디 있겠는가. 살아 있음으로 이미 풍족한 삶, 덤으로 사는 인생, 나는 앞으로 나누고 베풀며 살 것을 다짐했다.

다시 비를 맞으며 구룡령에서 1킬로미터가량을 더 걷다가 텐트를 쳤다. 어둠 속에서도 텐트를 두드리는 빗방울 소리가 나의 마음을 간질였다. 이 적막한 산속에서 비가 내리기라도 하면 빗소리 외에는 아무것도 들리지 않았다. 빗소리가 산속을 울리는 유일한 소리였고, 음악이 되었다. 빗소리를 들으며 어둠을 밝히기 위해 촛불을 켰다. 눈을 감고 있으니 어른거리는 촛불의 움직임이 느껴졌다. 오는 이는 없는데 누구일까? 흔들림이 없어야 하는데 어디서 누가 찾아왔는지 촛불이 타오르며 춤추듯 흔들렸다. 바람에 실려 길을 잃은 혼불 하나가 찾아와 나를 주시하고 있는 것만 같았다. 그 순간 나는 직감했다. 소리도 없이 설렘 가득 안고 환영이가 내게 온 것을. 환영이는 그리움에 사무쳐 혼불로 내게 온 것 같았다.

순례 45일째 ··· 1018봉 · 나를 성장시킨 여정

아침에 일어나 숲의 속삭임을 들었다. 새 한 마리가 어딘가에서 가까이 날아왔다가 젖은 날갯짓 소리를 내며 이내 멀어져 갔다. 텐트를 열고 밖을 내다보니 무지개처럼 다양한 색으로 치장한 팔색조 한 마리가 보였다. 나뭇가지에 앉아 먹잇감을 문 채 주변을 살피다가 나와 눈이 마주쳤다. 어쩐지 내가 사라져주기를, 내가 있는 것이 마음에 들지 않는 눈치였다. 사람을 본 적이 없어서인지 나를 두려워하는 것 같지도 않았다. 나는 희귀한 팔색조와 교감을 나누고 싶어 지켜만 보다가 조심스럽게 라면부스러기로 친해져보려고 했다. 순간, 나의 움직임에 팔색조는 깜짝 놀라 도망가 버렸다. 행운을 가져다준다는 팔색조는 그렇게 떠나가 버렸다.

빵과 우유로 식사를 끝내고 비가 그치길 기다리며 빈둥거리다가 깜빡 잠이 들었다. 꿈속에서 팔색조가 나를 부르는 것만 같았다. 팔색조가 다시 돌아온 걸까? 팔색조는 씨앗으로 보이는 무언가 큰 것을 입에 물고 있었다. 저 씨앗은 뭘까? 나에게 무엇을 말하는 것일지 궁금했다. 그때 우렁찬 빗소리에 잠이 깼다. 무슨 꿈이었을까. 꿈과 현실이 전혀 분간되지 않아 혼란스러웠다. 분명 잠들기 전에 본 똑같은 새였다. 꿈과 현실을 넘나들며 팔색조는 나에게 무엇을 말하고 싶었던 것일까? 이런저런 생각에 잠겨 있다가 가슴 깊은 곳에서 무언가 올라오는 것이 느껴졌다. 내 몸 안에서 뜨거운 피가 솟아올랐다. 이는 분명 나의 순례가 결코 헛되지 않았다는 증표이리라.

백두대간을 순례하며 만났던 사람들, 대자연의 풍광들, 그 모두가 나를 성장시켜왔던 증표였다. 순례 중에 경험한 모든 것들이 하나님의 또 다른 모습으로 나타난 메신저가 아니었을까. 내 자신 안에 존재하는 내면의 빛이 드러나기 시작했다. 팔색조가 물고 온 씨앗, 그것은 하나님의 씨앗을 의미하고 있는 것일까? 분명한 건 내 안의 빛, 내 안의 거룩한 신성을 의미하고 있음을 느낄 수 있었다. 그 씨앗에 물을 주듯 나는 내 안의 빛을 밝혀야 함을 느꼈다. 이것이야말로 내게 주어진 사명이자 의무인 것 같았다. 내게 주어진 길을 밝혀 나가듯 내 안의 성스러운 그 무엇, 그 씨앗에 물을 주며 살아야 한다는 생각에 이르렀다. 대천덕 신부님이 말씀하셨던 '거룩한 하나님의 씨앗'은 바로 '나'였다. 그 씨앗에 물을 주어야 할 사람도 나임을 알게 되었다. 어떻게 살아야 할지 막막했던 내 심장이 갑자기 쿵쾅쿵쾅 뛰기 시작했다. 전혀 관심도 없었고 믿지도 않았던 영의 세계가 펼쳐지고 있었다. 나도 모르게 영적인 눈이 열리면서 내 안에 꼭꼭 숨어서 드러나지 않았던 빛을 들여다보게 된 것이었다. 나는 단 한 번도 하나님의 이름을 부르지는 않았지만, 매 순간 간절히 구원의 손길을 내밀고 있었다. 단 한 번도 하나님을 위해 기도하지 않았지만, 간절한 도움을 청하고 있었다. 어쩌면 내 안의 그 빛을 밝히기 위하여 내면으로 향하는 문을 두드려 왔던 건 아니었을까? 정말 어떻게 해야 인간다운 삶을, 나다운 삶을 살 수 있는 것일까, 위기와 절망의 순간, 나는 누구보다도 더 절실하고 치열하게 도움을 청하고 있었다.

나는 숲으로 나가서 비를 맞으며 아름드리나무를 끌어안았다. 두 뺨에는 감격의 눈물이 비에 섞여서 흘러내리고 있었다. 외롭거나 슬퍼서 흘러내리는 눈물이 아니었다. 내 눈물이 아니라 하나님의 눈물 같았다. 뭐라 표현할 수도 없고 형용할 수도 없는 성령의 출현이라는 생각이 들었다. 정말 하나님이 눈물 한 방울로 나타나 나에게 응답한 것이었을까? 이 눈물 한 방울의 의미로 내가 얼마나 거룩하고 성스런 존재인지, 얼마나 소중하고 존중받아야 할 존재인지 깨달을 수 있음에 스스로 감격하고 있었다.

비를 맞으며 인제군과 양양군 경계에 있는 갈전곡봉(1,204m)까지 가기 위해서 나침반의 방향 지시선을 맞췄다. 온통 안개가 덮인 숲길 사이를 걸어가니 꼭 누군가에 의해 인도되어지는 것만 같았다. 마치 내가 백두대간을 순례하는 것이 아니라, 백두대간이 나를 통해 순례의 의미를 드러내고 있는 것 같았다. 내가 걷고 있는지, 백두대간이 나를 통해 자신을 드러내고 있는지 분간할 수 없는 순간들이었다. 지금까지 혼자서 외로이 순례했다는 생각이 얼마나 부질없었던가. 나는 혼자 순례를 해왔다는 착각에서 깨어났다. 고질적으로 속을 썩였던 아픈 발목과 아픈 어금니들도 내

것이 아니었으며 고통 또한 내 것이 아니었다. 미친 듯이 내 능력으로 걸어온 백두대간이 아니라, 나를 살펴주는 보이지 않는 손길, 그 보살핌과 사랑으로 걸어왔던 길이었음을 깨달았다. 이 고된 49일간의 백두대간 순례는, 걷는 것만으로도 기도이자 명상 자체라는 걸 알게 되었다. 그래, 나는 미쳐 있었다. 내 안의 무언가가 미쳐 있었다. 그 무엇이 하늘과 소통하고 천지만물 우주 자연과 소통하면서 하루에도 몇 번씩 나를 죽였다 살렸다 담금질하면서 이 미친 순례를 하고 있었다. 오늘도 비를 맞으며 온종일 젖은 몸으로 걷다 보니 저체온증이 찾아 왔지만, 그래도 상관치 않았다. 이 몸은 내 것이 아니었다는 것을 믿기 시작하면서부터 고통도 어느새 기쁨으로 바뀌었다. 걸어갈 힘을 주신 것만으로도 감사한 마음이다 보니, 내 의지로 걷지 않아도 어디선가 솟아난 힘에 의지해 걸음을 옮길 수 있었다. 내 몸을 돌보지도 않고 꾸준히 걷다 보니, '나'라는 존재와 백두대간을 분간할 수 없는 산행이었다. 나는 기진맥진 쓰러질 때까지 걸어야 했을 뿐, 그것만이 내 의무였고, 나머지 몫은 내 것이 아니었다. 온 우주가 힘을 모아 이 몸뚱이 하나 살려내어 결과를 만들어내는 모양새였다. 내가 걷는 게 아니라, 나를 통해 실현하고자 하는 어떤 기운이 걷고 있었다.

쇠나드리를 지나 조침령으로 가는 능선에서 잠시 쉬다가 잠이 들어 버렸다. 풀밭에서 얼마나 잠을 잤을까, 이내 다시 일어나 걸

224

었다. 조침령을 지나 900봉 고지에 올라서면서부터 바다가 보이기 시작했다. 파도 치는 모습도 눈에 선명히 들어왔다. 하얀 거품으로 해안선에 와 닿아 흰 띠를 둘렀다 사라지는 모습이 반복되었다. 1018봉에 도착하니 설악산 대청봉(1,708m)과 중청봉(1,676m)도 모습이 확연히 드러났다. 이젠 순례도 마무리되는 순간이 다가왔다. 오늘이 5월 15일이니 앞으로 3일만 더 걸어서 설악산만 넘어가면 마지막 종착점인 진부령에 도착할 수 있었다. 북서쪽 방면으로 점봉산도 보였고 알프스의 아이거처럼 불쑥 솟아오른 안산도 보였다. 조침령에서 단목령까지의 능선은 펑퍼짐한 구릉지대로 한국의 숨겨진 무릉도원 같았다. 급경사 없이 산책길을 걷듯 수많은 골짜기 사이로 백두대간 마루금이 이어져서 잔잔하고 밋밋한 주능선을 선보였다. 지난 45일간 고통을 감내하며 걸어왔던 이유가 분명해졌다. 순례 중에 경험한 삶의 이치, 깨달음, 가치 있는 삶으로 향하는 열정, 삶에 대한 통찰력, 무엇을 하고, 무엇을 하지 말아야 할 것인지에 대한 분별심, 마음으로 보는 진실의 눈, 내 앞에 펼쳐지는 현재와 미래가 확연해졌다. 이 순례를 잘마무리하고 나면 나는 어떤 상황에서도 나답게 살아갈 것이라 다짐했다. 이 세상에 오직 단 하나뿐인 나, 나로써 존재하지 않는다면 무엇으로 존재할 것인가. 나는 이번 순례를 통해 내가 경험하고 배운 것들을 세상과 나누며 살아가리라 다짐했다.

또다시 밤이 되어 온 천지의 별빛들이 내 가슴속으로 가득 들어왔다. 별, 별들 뿐, 그 외의 아무것도 이곳엔 없었다. 강원도 깊은 산중에서 별똥별을 헤아리며, 별빛들이 수놓은 우주의 신비스런 전율감에 취하는 깊은 밤이었다.

산과 하나 된 신화

순례 46일째 ⋯ 접봉산을 향해 · 나 자신을 사랑하는 것

　　　　어제 잠시 잠들었던 쇠나드리 부근 풀밭에서 옮겨 온 것일까? 참 알 수 없는 일이었다. 흡혈 진드기가 내 몸 이곳저곳을 헤집고 다니며 피를 빨아먹고 있었다. 온몸이 너무 가려워 긁었더니 눈꼽만 한 새빨간 벌레가 손톱에 잘려 나왔다. 손톱 안도 피로 물들었다. 몸통 전체가 피를 한껏 물은 흡혈 진드기였다. 흡혈 진드기의 주둥이와 머리는 이미 실 속으로 깊이 들어가 박혀서 빼낼 방도가 없었다. 밤새 흡혈 진드기와의 사투로 온몸이 만신창이가 되었다. 몸 곳곳은 흡혈 진드기에게 물려 얼룩덜룩 붉어져 있었다. 가려움 때문에 자꾸 긁다 보니 손톱에 긁힌 자국들

이 마치 훈장처럼 온몸에 그려졌다. 언제부터인가 나는 진드기의 안식처이자 밥줄이 되어 내 몸을 내어주는 지경까지 이르게 되었다. 그래도 오늘은 야간산행을 해서라도 21킬로미터를 걸어 대청봉까지 가야만 했다.

단목령에서 점봉산(1,426m)으로 넘어가던 중 내 무릎에 또다시 문제가 생겼다. 이러다가는 평생을 다리를 절뚝거리며 살아가야 할지도 모르겠다는 생각이 내 뇌리를 스쳤다. 아픈 다리를 절룩이며 헐거워진 육신을 이끌고, 불멸의 영혼으로 설 수 있다는 믿음으로 다시 발길을 옮겼다. 나의 몸도 마음도 주인 잘못 만나 정말 고생이 많았으니 순례를 마치면 아껴주고 돌봐주어야겠다고 다짐했다. 나를 사랑하지 않고 세상을 어떻게 사랑할 수 있겠는가. 나는 빛이었고, 나의 빛이 드러나 세상의 빛과 하나 되는 날이 올 것이라 믿었다. '자기를 사랑하는 것'이 이기적이라는 말은 거짓말이었다. 자기 사랑이 먼저 이루어져야 다른 사람도 사랑할 수 있었다. 조건 없이 나를 사랑하는 것, 모두가 등을 돌릴 때에도 나 자신을 사랑하는 것이야말로 세상을 비추는 행복의 열쇠였다. 이제부터 '나'를 사랑하는 것부터 시작하리라 마음먹었다. 두려움 없이 당당하게 나 자신을 사랑해야겠다. 이번 순례를 시작하며, 여정을 거듭하면서 나는 내가 얼마나 거룩하고 신성한 존재인가를 알아차리기 시작했다.

점봉산에서 보니 설악산 서북주능선의 장대한 줄기가 중청봉과 대청봉으로 이어져 있었다. 망대암산을 지나 한계령으로 가는 길목에 기암괴석들이 우뚝 솟아 있어 그야말로 장관을 이루었다. 설악산의 빼어난 기암절벽들이 어둠 속에 자취를 감출 무렵, 헤드랜턴 불빛에 의지하며 대청봉 정상을 향해 다시 발걸음을 옮겼다. 결국 아침 7시부터 밤 11시까지 16시간의 사투 끝에 대청봉 정상에 올라설 수 있었다. 아픈 몸으로 독기를 품은 채 걸었더니 정말 기적 같은 일이 벌어진 것이었다. 하루 종일 식사 한 끼 제대로 하지 못하고 시간을 아끼기 위해 행동식만 먹으며 걸어왔다. 대청봉에 올라서서 속초와 양양으로 이어진 도시의 야경을 바라보니 너무 아름다웠다. 이제 이 아름다운 우리나라의 산하, 백두대간과 작별할 시간이 오고 있었다. 언제나 내 꿈속에서 그림자처럼 나를 따라다녔던 환영이와 작별할 시간도 다가오고 있음을 직감했다. 히말라야 설인이 된 그의 영원한 안식을 위해 나는 날마다 기도했다. 아직까지도 믿겨지지 않지만, 오랜 시간 동안 나는 그와 함께 있었다. 죽음이라는 건 착각이 아니었을까? 그래, 나는 그렇게 믿어야만 했다. 댓재와 청옥산에서 만났던 봉 선생님께서 하신 말씀을 통해 나는 이제 죽음의 의미에 대해서 나름대로 정리할 수 있을 것만 같았다. 죽어서도 영원히 살 수

어느덧 백두대간이 나를 통해

순례의 의미를 드러내고 있는 것 같았다.

내가 걷고 있는지,

백두대간이 나를 통해 자신을 드러내고 있는지

모를 순간들이었다.

있는 영생의 길이 있다면, 윤회의 수레바퀴가 우리를 어디론가 데려간다면 죽음이 삶의 또 다른 시작이 될 수 있다고 생각했다.

내 친구 환영이는 어디에 있는 것일까. 아직도 환영이의 죽음이 믿겨지지 않지만 이젠 환영이를 떠나 보낼 때가 되었다. 과거를 정리하지 않는다면 지금 이 순간을 살지 못하고 전생을 살아야 했다. 과거는 모두 전생이기 때문에 과거에만 매달린다면 오늘을 충실히 마주할 수 없다는 걸 깨달았다. 오늘을 온전히 마중하지 못한다면 나의 미래 또한 과거에 갇혀 버리게 될 것이었다. 이번 순례를 통해 환영이와 나는 이미 하나가 되었다. 어쩌면 이미 하나였지만 그것을 인식하지 못했을지도 몰랐다. 구천에 떠돈다는 내 친구 환영이를 위해 나는 부끄럽지 않은 모습으로 목숨을 걸고 순례에 임했다. 새로운 방향의 삶으로 나아가기 위해서라도, 이젠 그의 넋을 편안히 보내야 할 때가 왔음을 느낄 수 있었다.

순례 48일째 ··· 미시령휴게소 · 지금 이 순간 나의 길을 향해

대청봉 정상 비석 아래에 있는 철조망 앞에서 텐트를 치고 잠이 들었다가 새벽 5시에 눈이 떠졌다. 너무 무리했던 탓인지 아무리 몸을 움직이려고 애를 써도 마음대로 되지 않았다. 통증도 깊어지면 무감각해지는지 이젠 별 느낌도 없었다. 텐트를 열고 떠오르는 태양을 기다리는데, 이미 대청봉 정상은 중청대피소에서 올라온 사람들로 꽉 들어차 있었고, 구름바다 끄트머리 운평선 언저리부터 붉게 타오르는 일출의 진광경이 시작되고 있었다. 자연을 사랑하고 산을 사랑하는 등산객들과 함께 대청봉에서 일출의 정기를 받고 있다 보니 마치 이번 순례의 성공적인 마무리를 축하받는 느낌이 들었다. 생일 축하 케이크처럼 나를 축하하기 위해 붉게 떠오르는 태양도 동참하고 있는 것만 같았다. 이젠 거의 다 왔다. 내일이면 진부령에 도착해서 모든 일정을 마치게 된다. 이제 이틀만 걸으면 되었다. 그래, 오늘도 초인적인 힘으로 걸어보기로 다짐했다. 기진맥진해도 언제나 보이지 않는 손길이 내 몸을 일으켜 세워 걷게 해주지 않았던가.

5월 중순임에도 불구하고 그늘진 둔덕에 결빙된 눈두덩들이 햇볕 아래 수정처럼 빛나고 있었다. 이미 지나가 버린 겨울을 꼭 끌어안고 최후의 항전 중인 것만 같았다. 무너미고개를 지나 공룡능선의 첫 봉우리에 올라서자 구름층에 살짝 봉우리를 걸치고 있는 울산바위가 보였다. 울산바위는 운해로 뒤덮여서 천상의 풍경을 연출하고 있었다. 동해에서 올라오는 구름들은 백두대간 산등성이를 넘지 못하고 골짜기에 머물러 모여 있었고, 설악산에서 주로 출현한다는 천연기념물인 금강초롱이 바위틈에서 이슬을 머금고 드문드문 피어 있었다. 가장 위험한 구간이라는 공룡능선의 릿지 등반 지대를 통과하면서 절세의 비경을 품은 주변 경관에 취해 버렸다. 설악산 심장에 몰려든 운해를 바라보며 구름 위를 걷는 느낌으로 걷다가 신선이 된 듯 무아경에 빠졌다. 며칠 무리하게 산행을 했더니 마등령을 넘어 저항령 고갯마루를 넘어갈 때쯤 코피가 터졌다. 나는 휴지로 코를 틀어막고 지팡이에 의지해서 다시 걸었다. 오늘도 미시령까지 20여 킬로미터를 걷는다면 종착점인 진부령까지 하루만 남겨두는 셈이었다. 몸이 아파도, 체력이 바닥났어도, 마지막 걸음을 재촉하며 미친 사람처럼 움직여야만 했다. 무릎과 어금니 통증이 심상치 않은 것이 아무래도 무언가가 잘못되어 가는 듯했지만 아무래도 상관없었다. 나는 미쳐 있었다.

내일이면 49일간의 백두대간 순례는 완성되었다. 한번뿐인 인생, 무언가에 미쳐서 살아보는 것도 괜찮은 일이라 생각했다. 지금까지 걸어오면서 자연은 내게 말했다. 지금 이 순간을 살라고. 기웃거리지 말고 너 자신의 길을 가라고. 나는 그렇게 배우며 49일 동안 매 순간을 미쳐서 걸어왔다. 삶은 오직 한순간의 '지금'을 마중할 뿐이었다. 그러한 의미에서 미쳤다는 건 지금을 산다는 것이라 생각됐다. 과거는 지나갔고 미래는 오지 않았다. 어제 일어난 일을 걱정하지 말고, 내일 일어날 일을 미리부터 근심하면 무엇이 달라질 것인가. 나의 과거는 무죄다. 이 고백은 언제나 유효할 것이다. 무엇을 하든, 어디에 있든, 내 인생의 가장 놀라운 순간은 바로 지금 이곳이었다. 나는 지금 여기 설악산 정령들의 보살핌과 운해에 둘러싸여 꿈속 길을 걷고 있었다. 나는 지금 이 순간을 내 인생에서 가장 놀라운 순간으로 만들고 있지 않은가. 최선을 다해 걸어왔던 낙동정맥 백두대간 770킬로미터 산줄기에서 나는 나를 증명해냈다. 그 고난의 행군 속에서도 언제나 기쁨의 샘물을 건져 올렸다. 고난을 통해 얻은 값진 깨달음의 조각들, 그것이 바로 내가 백두대간 순례를 선택했던 이유였다.

1318봉 너덜지대를 지나서 미시령휴게소에 도착해, 휴게소 2층의 기상관측탑 옆에 텐트를 쳤다. 동해의 구름층이 미시령 아래로 굽어 보였다. 속초의 거대한 도시 불빛들이 구름층에 투사되어 하늘 위로 오로라 띠가 형성되었다. 속초 지역을 덮은 안개구름층 위로 파랑과 초록이 뒤섞인 붉은 보랏빛 기둥이 솟구쳐 오르는 기현상이 연출되고 있었다. 하늘 위로 승천하고픈 도시의 야경이 구름기둥을 타고 오르다가 구름층에 막혀 흩어져 내리는 진풍경이었다.

나는 불현듯 산과 한 몸이 된 것 같았다. 아무도 가르쳐주지 않는 사랑을 산과 한 몸이 되어 익혔다. 산정에 올라 고독 속에서 몸서리를 칠 때마다, 산의 모든 정령들은 내게 다가와 친구가 되어 위로해주었다. 나는 산과의 교감 속에서 산의 정령들을 마중했다. 잠 못 이루는 밤이면 달과 별들이 하늘 길을 밝히며 까마득한 우주의 이야기를 속삭이듯 들려주었다. 바람과 비와 산새와 풀벌레들도 나를 위로했다. 그리움이 밀물처럼 찾아올 때 광대하게 펼쳐진 능선들이 일어서서 나를 감싸줬다. 산이 나인지, 내가 산인지, 산과 나는 하나 된 황홀감으로 어떤 아픔도 견뎌낼 수 있었다. 이제는 산에서 배운 인내와 사랑을 품고 집으로 돌아가야만 했다. 집에 돌아가면 나는 모든 것을 넓은 아량으로 포용해주어야겠다고 다짐했다. 49일간의 이 경험이 나를 또 다른 길로 안내할 것이라 믿었다. 하루만 더 걷자. 하루 남았다. 나는 그렇게 날마다 오늘 하루에 충실하지 않았는가. 어쩌면 나도 신화를 써내려갈 수 있을지도 몰랐다. 지상에 꽃필 수 있는 불멸의 신화, 한편의 애절한 사연을 남기고 신화 속으로 사라져간 환영이처럼 누구나 신화를 쓸 수 있을 것이라 생각했다. 그런 신화가 없다면 사람들은 아마도 무미건조한 인생을 보내다가 사라지게 될 것이었다. 나는 나만의 방식으로 내 인생을 만들어 가고 싶었다. 미완성으로 남는다 해도 내게 주어진 길을 찾아가고 싶었다. 그 누구도 내 인생처럼 될 수 없는 고유하고 독특한 불멸의 흔적을 남기고 싶었다. 자유로운 영혼으로 이 세상을 살아간다면 꽤 괜찮고 멋진 인생이 될 것 같았다. 이제부터 가장 나답게 살아보기로 했다. 남의 시선과 주변의 상황에 참된 '나' 자신을 잃어버리지 않기로 했다. 그러기 위해 가장 나답게 사는 것이 무엇인지 결정해야 했다.

49일간의

신화가 완성되다

순례 49일째 … 순례의 마지막, 진부령

마산(1,052m)을 넘어 마지막 구간인 13킬로미터를 걸어와 진부령에 도착했다. 3월 31일 부산에서 시작한 49일간의 순례를 5월 18일이 되어서야 마칠 수 있게 되었다. 북녘의 분단선에 가로막혀 더 이상 백두대간을 이어갈 수는 없었지만, 그래도 단독종주를 감행하며 부산 금정산에서 강원 진부령까지 49일 동안 남녘의 산줄기 770킬로미터를 완주한 것만으로도 감격스런 일이 아닐 수 없었다.

짐작하고 있었지만 진부령휴게소 안에서는 환영이의 여자 친구가 차를 마시며 기다리고 있었다. 그녀를 보는 순간 감격에 겨워 손을 맞잡고 반갑게 인사하고 싶었지만, 그녀를 감싸는 차분함에 눌려 제대로 인사조차 하지 못하고 눈인사로 반가움을 대신했다.

약속한대로 그녀는 순례 마지막 날에 맞춰 나를 만나기 위해 찾아왔다. 나 또한 환영이의 여자 친구가 이곳에 오기를 간절히 바랐고 분명히 올 것이라 생각했다. 환영이의 여자 친구와 나는 숙소가 있는 속초로 향했고, 그녀는 49일간 고생한 나를 위해 편한 잠자리를 마련해주었다. 내가 성공적으로 마무리한 순례를 축하라도 해주듯 이것저것 많은 것에 마음 써주고 있음을 느낄 수 있었다.

우리는 속초 바닷가에 위치한 숙소 2층의 레스토랑 테라스에 앉아 하얀 포말을 남기며 출렁이는 파도를 말없이 바라보았다. 바닷가를 걷는 사람들이 보였고, 밀려왔다 밀려가는 파도 소리가 은은하게 들려왔다. 바다가 바라보이는 테이블에 앉아 따뜻한 커피를 마시면서도 어색한 나머지 시선을 피하기 위해 수평선을 응시하고 있었다. 지난 순례의 추억들이 하나하나 머릿속을 스치고 지나가고 있을 때, 환영이의 여자 친구가 밀봉된 편지봉투 하나를 테이블 위에 올려놓고 나에게 말했다.

"환영 씨가 성정 씨에게 보낸 유서가 발견되어 가져왔어요. 이제야 전달할 수 있게 되었네요. 제가 보관하고 있었는데, 성정 씨를 만날 기회가 없었어요. 그래서 이제야 드리는 거예요. 이번 백두대간 순례에 영향을 줄까 봐, 순례 잘 마무리하시라고 이제야 드리게 되었네요. 환영 씨에겐 성정 씨가 가장 소중한 친구였잖아요. 이젠 저도 마음이 한결 가벼워졌어요."

그러고 보니 나도 환영이와 함께 유서를 쓴 기억이 있었다. 바로 히말라야 원정대원들이 도봉산 청소년수련원에서 한 달간 합숙 훈련을 했던 때였다. 그때 대원들 모두 두 시간 가량의 유서 쓰는 시간을 보냈던 적이 있었다. 가르왈 히말라야 바기라티봉 세계 최초 등정을 목표로 했던 우리 원정대원들은 죽음도 불사하며 각오가 대단했던 때였다. 나는 그때 부모님께 보내는 간략한 글로 유서를 대신했는데, 환영이는 의외로 감성적이고 서정적인 면이 많아서 그랬는지 여러 편의 유서를 써놓았다. 그중에 한 장의 유서가 나에게 써놓았던 유서였다는 사실을 나도 그제야 알게 되었다. 나는 떨리는 손으로 밀봉된 봉투를 받아들고 멍하니 환영이의 여자 친구 얼굴만 쳐다보았다. 길어지는 침묵의 시간이 파도 소리에 묻히고 있을 때, 갑자기 환영이 생각에 가슴이 터질 것만 같았다. 나는 배낭을 메고 바닷가 모래사장으로 달려 내려갔다. 황혼이 물 드는 시각, 파도 소리는 더욱 거칠게 내 마음을 흔들어 놓고 있었다. 파도는 미생물 때문인지 숙소 건물에서 내뿜는 휘황찬란한 불빛에 반사되어 파란 물결을 뿜어내고 있었다. 환영의 여

자 친구가 내 뒤를 따라오는 것도 모르고, 나는 움켜쥐고 있던 유
서를 펼쳐서 읽어 내려갔다.

성정아! 보아라.

내가 만약 불귀의 객이 되어 히말라야에 묻힌다면

햇살이 비추는 바위 아래가 좋겠어.

까마귀밥이 되어도 좋아.

후회 없이 살다간 이 청춘은 영원으로 들어갈 테니까.

영광된 나날로 빛날 수 있도록 슬퍼하지 않기를 바라.

나의 운명은 여기까지야.

아무도 원망하지 않을게.

내 대신 나를 살아줘.

나는 네 안에서 언제나 함께할 테니까.

유수와 같이 흘러가는 별들이 빛날 때

우리의 우정이 빛나는 것임을 기억해줘.

사랑한다.

그리고 우리 어머니!

홀로 계신 우리 어머니를 좀 살펴드려.

홀로 나만 키우며 외롭게 살아오신 분이야.

하나밖에 없는 이 아들

하늘나라에 먼저 가서 미안하다고 전해줘.

어머니의 위대함을,

어머니의 거룩함을 드높이고 싶어서

정상에 케언(Cairn, 쌓아올린 돌무더기)을 쌓으려 했는데,

용서를 구해줘.

그때였다. 왜 그랬는지는 모르겠지만, 나는 큰소리로 울기 시작했다. 가슴속 어딘가에서 무언가가 툭 끊어진 듯한 느낌이었다. 눈물을 주룩주룩 흘리면서 소리 내어 펑펑 울었다. 나는 양 주먹을 불끈 쥐고 목이 터지도록 고함을 질러댔다. 밀려왔다 밀려가는 파도 소리가 내 울음을 따뜻하게 안아주고 있었고, 그런 바다를 향해 내 마음속 암울한 찌꺼기들을 송두리째 쏟아내고야 말았다. 절망 속의 희열이 복합적으로 뒤섞인 채 솟구쳐 오르는 가슴속 그것들을 모두 게워내고 있었다. 나는 마치 이 순간을 오랫동안 기다려 왔다는 듯 술 취한 사람마냥 비틀거리고 발광하며 절규했다. 내 안의 깊숙한 그곳 어딘가에서, 무엇인가 꿈틀거리던 오물들이 솟구쳐 올라 목구멍 밖으로 터져 나오고 있었다. 그때 나는 이 찌꺼기들을 다 토해내고 나면 모든 것이 맑고 깨끗하게 정화될 수 있을 것 같다고 생각했다. 가슴속 찌꺼기를 치우고 나면 내

게 얽혀 있는 모든 굴레와 제약으로부터 벗어날 수 있을 것만 같았다. 내 몸속의 우울함과 불안감, 온갖 부정적인 기운들이 도망치듯 밖으로 튕겨져 나와 바닷속으로 빠져나가고 있었다. 환영이의 여자 친구는 어느새 내 앞으로 다가와 마치 아이를 달래듯 나를 토닥여주었다. 얼마나 절규하며 울부짖었을까, 그녀의 위로로 마음의 안정을 되찾고 나니 한결 마음이 평화로워졌고 세상도 평화로워보였다.

한참을 울고 나서 생각해보니 지금껏 내가 잘못한 것이 아니었음에도, 내 잘못이라는 확고한 믿음으로 자책하며 괴로워하고 있었다. 나는 죄인이 아니었기에 용서를 구할 일은 더더욱 아니었다. 내가 저질렀다고 생각되는 그 행위가 일어난 적이 없음을 인식함으로써 이제 나는 용서를 구할 필요가 없게 되었다. 하지만 당시에는 그렇게 밖에 할 수 없었고, 이 사실을 깨닫지 못했다. 그때는 그것이 최선인 줄만 알았다. 실제로 아무것도 일어나지 않았다는 것을 이해하기 전까지, 나는 나의 실수라고 생각하는 것을 마음속으로 짊어지고 다니면서 오랜 세월 죄책감에 시달려야만 했다. 이것은 환상이었다. 이 환상을 환상으로 알지 못하고, 실체로 오해하고 있는 동안 나는 환상 속에 머물러 있었다. 하지만 환상을 환상이라고 알아차리면 환상은 즉시 소멸하는 법이었다. 이번 순례는 나에게 환상을 깨는 법을 깨닫게 해주었다. 히말라야에 묻혀 있는 환영이에 대한 죄책감에 갇혀 있었던 나, 그것도 환상이었다. 살면서 겪게 되는 사건 사고들, 어떤 상황과 그 경험들은 하나의 메시지였다. 그러한 고난의 길은 우리가 무언가 잘못되었음을 말하는 것이 아니라, 그 안에 숨겨진 보물을 볼 수 있도록 설계되어 있음을 말하는 것이었다. 내게 주어진 운명과 그 고통을 받아들이며 용서를 구하기 위해 달려왔던 49일, 이미 환영이는 내게 응답했다. 다 괜찮다고, 수고했다고, 아무 일도 아니라고, 용서를 구할 만한 행위가 일어난 적이 없었다고.

❧

　마음이 좀 진정되자 문득 순례 전에 환영이의 여자 친구가 건네주었던, 영험한 돌멩이가 생각났다. 이 넙죽한 돌멩이를 나는 왜 49일간 배낭 속에 넣고 다녔던 것일까. 배낭을 내려놓고 배낭 바닥 가장 깊숙한 곳을 뒤져보았다. 순례를 시작하던 무렵 한 번 만져봤던 이 돌멩이의 존재를 까마득히 잊은 채로 배낭 밑바닥 깊숙이 넣어 놓고 쳐다보지도 않았었다. '옴' 돌의 위력을 전해 듣긴 했었지만, 믿겨지지도 않았고 믿고 싶지도 않았다. 환영이의 여자 친구는 '옴'이라 새겨진 이 돌을 지니고 있으면 행운이 찾아오고, 환영이가 나를 지켜줄 거라고 말했었다. 환영이와 소통할 수 있는 돌멩이라며 순례 중에 꼭 챙겨 가라 당부도 남겼었다. 이제 그 돌멩이를 건네주어야 할 시간이었다. 솔직한 심정으로 이 돌의 존재가 나를 지켜주었는지는 잘 모르겠다. 단지, 환영이 여자 친구의 진심 어린 마음을 받아들이고 '옴'을 상징하는 이 작은 돌멩이와 함께 걸었을 뿐이었다. 그런데 이 돌을 배낭 속에서 꺼내든 순간, 작은 기적이 일어났다. 여러 빛깔 무늬로 빛났던 '옴' 돌, 스스로 빛을 뿜어내던 돌멩이가 아니었던가? 하지만 '옴'에서 반짝이던 색깔 무늬들이 희미해졌고, 그 어떤 빛도 띄지 않았다. 각도만 약간 비틀어도 빛깔 무늬의 색채가 달라지는 신비한 돌멩이였는데, 과연 무슨 일이 일어났던 것일까? 순례를 함께한 '옴'에서 빛이 사라졌다. '그럼, 그렇지. 그저 평범한 작은 돌멩이에 지나지 않았어'라고 생각하던 찰나, 갑자기 내 안에서 불끈거리는 그 무언가가 솟아올랐다. 강렬하게 다가오는 내 안의 음성이 들리면서 뜨거운 피가 솟구치기 시작했다. 그리고 누군가를 향해 내 마음의 언어가 터져나왔다.

너는 이미 내 안에서 부활했다. 나는 깨어났고, 히말라야 만년설 속 너의 육신은 부활과 아무런 상관이 없음을 깨달았다. 부활은 몸의 부활이 아니라 마음의 부활이었다. 육신이란 거룩한 생명의 그릇일 뿐, 육신이 사라진다고 그곳에 깃든 정신과 영혼 또한

어느 순간 믿지도 않았던

영의 세계가 펼쳐지고 있었다.

나도 모르게 내면의 눈이 열리면서

내 안에 꼭꼭 숨어서 드러나지 않았던

빛을 들여다볼 수 있었다.

사라지는 것은 아니었다. 삶과 죽음을 어떻게 분리할 수 있겠는가. 육신을 벗고 실재의 빛이 오면 그런 환상은 사라질 것이었다. '나'라고 하는 육신의 관점에서는 분리된 세상, 서로 무관한 사물들, 아무런 의미도 없는 사건들을 보고 경험하게 되겠지만, 부활은 이 모든 것을 원래의 모습으로 되돌릴 것이다. 여기서 벗어날 길은 없었다. 내가 경험했던 세상, 끝까지 추구했던 집착들을 내려놓고나면 부활은 내가 본 세상을 지워 버리고, 육안으로는 결코 볼 수 없는 또 다른 세상을 보여준다. 부활은 육신과 상관없이 마음에서 일어나는 것이었다. 그 실상과 마주하는 순간, 너의 부활은 이미 내 안에서 이루어져 있었음을 알았다.

　마음속 깊은 곳에 숨겨졌던 비밀의 문이 열리는 순간 나는 이 이치를 깨달았다. 신은 죽음을 창조하지 않았다. 신의 아들은 죄의식이 없으며, 죄는 존재하지 않았다. 나는 신의 아들이었고, 너와 내가 언제나 하나라는 사실을 깨달았다. 그렇다. 우리는 모두 신의 자녀들이었다. 신성을 잃어버린 사회에서 자랐기 때문에 그 사실로부터 무지할 수밖에 없었던 우리들, 태어남은 죽음을 기약하고 있었기에 시작이 아니었으며, 죽음은 또 다른 시작을 내포하고 있었기에 끝도 아니었다. 내 자신이 곧 육신이 아니라는 사실

을 기억한다면, 한 걸음 물러서서 내가 품고 있는 환영幻影의 세계
가 아무런 가치도 없는 것임을 깨달을 수 있었고 죽음에 대한 두
려움과 무지로부터 벗어날 수 있었다.

　신화가 쓰여지고 있었다. 내 눈앞에서 목격된 '옴'의 광채가 사
라져 버린 건, 나의 간절한 기도에 대한 응답이라고 생각했다. 그
빛은 실제로 사라진 것이 아니었다. '옴'의 빛깔무늬가 밝게 빛나
지 않았던 건, 순례 기간 중에 그 빛을 내 안으로 흡수했기 때문
이리라. 순례 전에 보았던 '옴'돌의 빛이 지금 이 자리에서 보이지
않는 것이 아니라, 마음의 눈으로 보기 시작한 것이리라. '옴'돌의
가치는 내 마음의 눈을 통하여 새롭게 해석되어 신의 세계로 넘
어가고 있었다. 이 일련의 과정을 경험하며 나는 영적인 기운이
충만한 존재라는 걸 깨닫게 되면서, '옴'의 빛깔과 내 안의 빛깔이
원래 다르지 않다는 것을 느끼게 되었다. 그것은 내 의식 상태에
따라 달라보였을 뿐이었다. 매 순간마다 하루하루를 어떻게 사느
냐에 따라 '옴'돌의 빛깔과 그 형태가 결정되며, 나의 의식상태와
직결되어 있었다. 내가 의식하지는 못했지만, '옴'돌은 자신을 태
우며 이 여정에 함께했던 것이었다. '옴'돌의 빛은 사라진 것이 아
니라, 이미 내 안에서 하나 되어 또 다른 길을 밝히고 있었다. 눈
뜨면 고운 세상, 내가 어떤 의식 상태에 있는가에 따라 대상은 달
라보이기 마련이었다. 아름다움을 볼 줄 아는 눈, 새로운 눈을 뜨

면서 빛이 가득한 세상이 열리기 시작했다. 어둠이 짙어져 가면서 항해를 시작한 오징어잡이 배의 불빛들이 수평선 넘어 하나둘씩 어디론가 사라져 갔고, 우리는 파도 치는 모래사장에서 오랫동안 말없이 먼 바다를 응시하고 있었다.

　마침.

백두대간 순례 중에 써놓았던 기록들을 어딘가에 숨겨 왔었다. 그 기억들을 영원한 침묵의 강 저편 기슭으로 띄워 보내고 싶었다. 누군가가 나의 순례기록을 본다는 것이 얼마나 하잘 것 없고 부질없느냐는 생각으로 꺼낼 수가 없었다. 산 자의 안위를 위하여 죽은 자의 명성을 더럽히는 것 같았다.

까마득히 잊고 있었던 그 순례 기록은 서랍 속 잡동사니를 정리하던 과정에서 27년 만에 우연히 세상에 드러났다. 이 기록은 떠나보낸 그 악우(岳友)에 대한 슬픔을 잊기 위해 시작한 것이었다.

불귀의 객이 된 그를 히말라야 만년설 속에 묻어두고 돌아온 날부터 나는 그 기억에서 벗어나고자 노력했지만 항상 수포로 돌아갔다. 얼어붙은 계곡의 단

호한 침묵, 나는 날마다 마음속 히말라야를 등반했다. 내 마음속 커다란 겨울 산 하나가 나를 부여잡고 끝까지 놓으려 하지 않았기 때문이었다. 그 한(恨)이 전율처럼 다가와 하루하루 고통스런 시간을 보내다가, 그의 넋을 기리며 49일간 백두대간을 걷기로 했던 것이었다.

이젠 가 닿을 수 없는 먼 발치에서 전설이 된 설인과 헤어져야 할 때가 왔다. 그에게 빙의(憑依)되어 살아왔던 스물셋 청년의 나로부터 풀려나와야 했다. 이 기록에 대한 마침표를 찍어야 하는 이유가 거기에 있었다. 이것으로 충분했다. 언제나 그랬듯이 죽는 날까지 나는 그와 함께 영원한 여행을 이어가게 될 것이다. 우리는 하나다.

부록

내 안의 빛을 밝힌
770킬로미터의 여정,
그 발자취

낙동정맥과 백두대간 지도
백두산
두류산
백두대간
금강산
설악산
오대산
태백산
낙동정맥
지리산
금정산

49일, 770킬로미터의 기록
낙동정맥~백두대간 순례 코스

1구간(낙동정맥 구간 1일차~12일차)

부산 백양산 ➡ 금정산 ➡ 계명봉 ➡ 천성산 ➡ 영축산 ➡ 신불산 ➡ 운문령 ➡ 천막휴게소 ➡ 소호고개 ➡ 숙재고개 ➡ 경북 영천 천수사 황수장여관

2구간(낙동정맥 구간 12일차~23일차)

경북 영천 천수사 ➡ 어림산 ➡ 황장재 ➡ 황장재휴게소 ➡ 맹동산 ➡ 경북 영덕 독경산

3구간(낙동정맥 구간 23일차~32일차)

경북 영덕 독경산 ➡ 백암산 ➡ 울진 영양군 오지 ➡ 통고산 ➡ 승부터 계곡 ➡ 백병산 ➡ 면산 ➡ 강원 태백 통리역

4구간(백두대간 구간 32일차~42일차)

강원 태백 통리역 ➡ 덕항산 ➡ 댓재 ➡ 두타산 ➡ 청옥산 ➡ 상월산 ➡ 자병산 ➡ 삽당령 ➡ 닭복새 ➡ 대관령휴게소 ➡ 노인봉 ➡ 진고개 ➡ 강원 강릉 동대산

5구간(백두대간 구간 42일차~49일차)

강원 강릉 동대산 ➡ 만월봉 ➡ 응복산 ➡ 약수산 ➡ 구룡령 ➡ 조침령 ➡ 900봉 ➡ 1018봉 ➡ 점봉산 ➡ 대청봉 ➡ 미시령휴게소 ➡ 강원 인제 진부령

낙동정맥~백두대간 순례 식단표

	아침	점심	저녁
4.1 월	라면	행동식(A+B),빵	밥, 즉석 육개장
4.2 화	밥, 즉석 곰탕	행동식(C+D)	라면
4.3 수	수프	행동식(E+A)	밥, 돼지고기
4.4 목	라면	행동식(B+C)	밥, 즉석 육개장, 돼지고기
4.5 금	라면, 남은 밥	행동식(C+D)	밥, 즉석 북엇국
4.6 토	라면	행동식(D+E)	김밥
4.7 토	라면, 케첩5 g	행동식(E+A)	밥, 즉석 사골우거지국
4.8 월	밥, 쇠고기덮밥소스	행동식(A+B)	죽
4.9 화	라면	행동식(C+D)	밥, 즉석 우거지국
4.10 수	라면	밥, 국, 반찬, 행동식	
4.12 금	밥, 오징어덮밥소스	빵, 우유, 초코바, 칼로리바	밥, 김치, 달걀, 즉석 북엇국, 막걸리
4.13 토	밥, 카레, 김치	빵2, 약과4	라면
4.14 토	수프	칼로리바, 건과일, 초콜릿	밥, 즉석 육개장
4.15 월	밥, 즉석 곰탕	칼로리바, 열매, 영양갱	라면
4.16 화	칼로리바2, 분유	건과일, 열매, 초코바	밥, 불고기소스, 참치캔
4.17 수	밥, 즉석 해장국	밥, 돼지고기, 김치	수프
4.18 목	라면	라면	컵라면, 핫바
4.19 금	빵, 우유	밥, 돼지고기, 김치	밥, 즉석 육개장
4.20 토	밥, 즉석 우거지국	라면	밥, 돼지머릿국, 김치
4.21 토	라면	밥, 돼지고기	돼지고기, 소주
4.22 월	라면	식빵, 영양갱, 파이	밥, 삼겹살
4.23 화	밥, 3분카레	칼로리바, 땅콩볼, 식빵, 햄	밥, 즉석 해장국, 참치캔
4.24 수	라면	식빵, 칼로리바, 열매류, 과자	호박죽, 소스, 돼지고기

	아침	점심	저녁
4.25 목	라면	빵, 칼로리바, 건과일, 초콜릿	밥, 북엇국, 장조림캔
4.26 금	라면	칼로리바, 열매류, 초코바, 파이	라면
4.27 토	밥, 3분짜장	칼로리바, 약과, 초콜릿	밥, 즉석 우거지국
4.28 토	호박죽, 미숫가루	칼로리바, 약과, 땅콩볼, 열매류	죽, 케첩
4.29 월	밥, 즉석 곰탕	라면, 칼로리바, 열매류	밥, 3분짜장
4.30 화	호박죽	미숫가루죽, 열매류	소주, 돼지고기
5.2 목	라면	밥, 반찬(고기, 침치, 콩나물)	밥, 즉석 해장국, 김치
5.3 금	밥, 남은 국	식빵, 치즈, 칼로리바, 텐더롤2	수프, 국
5.4 토	식빵, 치즈	라면, 햄	밥, 3분 짜장
5.5 토	식빵, 치즈	칼로리바, 텐더롤, 초코파이	밥, 즉석 육개장
5.6 월	밥, 채소카레	칼로리바, 오이, 열매류, 초콜릿바	라면2, 호박죽
5.7 화	바게트1/2, 우유	햄, 영양갱2, 초콜릿, 칼로리바	밥, 즉석 우거지국, 장조림캔
5.8 수	라면	바게트1/2, 커피, 열매류	수프
5.9 목	밥, 3분 카레	칼로리바, 열매류, 건과일, 밥	밥, 즉석미역국
5.10 금	라면	미숫가루, 칼로리바, 건과일, 열매류	밥, 고기, 즉석 육개장
5.11 토	밥, 짜장	햄, 과자	과자, 샌드위치빵
5.12 토	밥, 북엇국, 장조림캔	라면, 과자	밥, 두부찌개, 반찬, 어묵
5.13 월	죽, 빵	과자, 텐더롤, 칼로리바, 초콜릿	밥, 육개장, 참치캔, 나물
5.14 화	샌드위치, 커피, 우유	텐더롤, 칼로리바, 초콜딧	밥, 시골우거지국, 찬치캔, 나물
5.15 수	라면	칼로바, 햄, 초콜릿, 과자	수프, 햄, 칼로리바
5.16 목	라면	바게트, 초코바, 과자, 치즈	밥, 즉석 우거지국
5.17 금	라면	바게트, 햄버거, 과자, 건과일	
5.18 토	밥, 곰탕, 장조림캔	햄버거, 열매류, 바게트	

나는 산을 걷는다

1판 1쇄 인쇄 2022년 11월 10일   **1판 1쇄 발행** 2022년 11월 25일

지은이 조태경   **펴낸이** 송주영   **발행처** (주)북센스   **편집** 조윤정 황혜리
출판등록 2019년 6월 21일 제2021-000178호   **주소** 서울시 마포구 성산로 2길 45, 4층
전화 02)3142-3044   **팩스** 0303)0956-3044   **이메일** ibooksense@gmail.com

ISBN 979-11-91558-36-4 03810

• 이 도서는 한국출판문화산업진흥원의 '2022년 중소출판사 출판콘텐츠 창작 지원 사업'의 일환으로
  국민체육진흥기금을 지원받아 제작되었습니다.